KB120615

백석과 보낸 며칠간

시작시인선 0454 백석과 보낸 며칠간

1판 1쇄 펴낸날 2022년 12월 16일
지은이 김왕노
펴낸이 이재무
기획위원 김춘식, 유성호, 이형권, 임지연, 홍용희
책임편집 박예솔
편집디자인 민성돈
펴낸곳 (주)천년의시작
등록번호 제301-2012-033호
등록일자 2006년 1월 10일
주소 (03132) 서울시 종로구 삼일대로32길 36 운현신화타워 502호
전화 02-723-8668
팩스 02-723-8630
블로그 blog.naver.com/poemsijak
이메일 poemsijak@hanmail.net

ⓒ김왕노, 2022, printed in Seoul, Korea

ISBN 978-89-6021-685-3 04810
      978-89-6021-069-1 04810(세트)

값 10,000원

백석과 보낸 며칠간

김왕노

천년의 시작

시인의 말

시력 30년이 되었다
아내가 내 시를 낭송하겠다고
전국 시 낭송 대회를 휩쓸고
8월 달 중순 시 낭송가가 되었다
아내가 낭송할 시를 써달라 해도
묵묵부답이었으나 사실 조금씩 썼다
적당한 길이가 있어야 한다기에
낭송에 맞추어 쓰기도 했다
내 시를 위해 당당하게 낭송가가 된
아내를 위해 더 좋은 시를 써야겠다
내 시집이 아내에게
사랑을 받으리라 믿는다

차 례

시인의 말

제1부

변검술 ——— 13

안녕 파타고니아 ——— 14

뱀술이 익어 가는 밤 ——— 15

일소 ——— 16

시를 누다 ——— 18

사랑 이야기 ——— 19

그립다, 세고비아 기타 소리 ——— 20

모스크바의 밤 ——— 21

담쟁이넝쿨에게 배우는 사랑 ——— 24

영원하여 쓸쓸한 ——— 25

아직도 아름다운 일몰이여 ——— 26

멸을 찾아서 ——— 27

키사스, 키사스 ——— 28

장밋빛 스카프 이야기 ——— 30

라라 ——— 31

아, 아 백 년 ——— 32

댓잎 소리 ——— 34

제2부

정부미 자루 ———— 39

그때 모든 것이 시였다 ———— 40

미라 ———— 42

까치독사 ———— 43

애장터에 올라 ———— 44

푸른 뱀 ———— 46

간고등어 ———— 48

풀 ———— 49

구르는 돌은 슬프다 ———— 50

불립문자 ———— 52

서대 ———— 53

매미 ———— 54

아아, 으악새 슬피 우는 ———— 56

본색 ———— 57

시렁 위의 북 ———— 58

독서의 계절 ———— 59

별 ———— 60

팔자걸음 ———— 61

제3부

마디 —————— 65

꽃의 바그다드 —————— 66

아버지 불알 —————— 67

고야 —————— 68

푸른 지폐를 세며 —————— 69

참 —————— 70

저 자리가 시퍼렇다 —————— 71

툭 —————— 72

추억탕 —————— 73

근에게 —————— 74

센서 등 —————— 76

갈치 —————— 77

백석과 보낸 며칠간 —————— 78

황발이 —————— 80

만추 —————— 82

수수방관 —————— 83

할머니와 촛불 —————— 84

나무를 찾아 —————— 86

제4부

부론에서 치자꽃 향기를 맡는다 ──── 89

머나먼 북방 ──── 90

자작나무 숲에 흑임자 같은 별이 떠네 ──── 92

백 년 할아버지 ──── 95

빗방울 ──── 96

너를 위한 무사 ──── 97

명왕성 남자 ──── 98

장미를 피우는 시간 ──── 100

누가 물으면 바하마 ──── 101

천한 명의 애인 ──── 102

찻집, 프리다 칼로에서 ──── 104

장엄한 일몰 ──── 106

절필 ──── 107

팬터마임 사랑 ──── 108

흔적 ──── 110

황태 ──── 111

할아버지 휘파람 소리 ──── 112

불량한 날의 독법 ──── 114

북두를 바라보며 ──── 115

해　설

권성훈　상상력의 변검술과 독 같은 말 ──── 118

제1부

변검술

어머니가 마스크를 벗었다
썼다 한다.
어머니 그러시면 안 돼요.
지금이 어떤 세상인데요.
그 말에 아랑곳없는 어머니
자식 속 하얗게 태우며
마스크를 벗었다 썼다 한다.
어머니 기저 질환이 있으시잖아요.
그래도 어머니 마스크를 벗었다
썼다 한다.
마스크 하나로 집안 식구
속을 들었다 놨다 한다.
어머니 재미가 있다는 듯
마스크로 식구를 가지고 논다.

안녕 파타고니아

파타고니아로 펭귄 한 쌍으로 떠나자.
사막에 알을 낳고
호시탐탐 새끼를 노리는 갈매기를 쫓고
불타는 사막을 지나 바다에 이르러
고기잡이 끝에 포만으로 둥지에 돌아와
속을 다 게워 새끼와 그대를 먹이면
내 다시 바다가 그리워지는 파티고니아로
안녕, 파타고니아 인사하러 푸른 바다
멀고 먼 파타고니아로 가자고
별 미친 짓이라지만 먼 파타고니아에 가서
이방인으로 살면 우리의 외로움으로
우리 더 살가워지고 사랑이 깊어지니
그간 지지부진한 사랑 진전이 있을 테니
가자, 그곳으로 파타고니아 안녕 안녕 하며
언제 파타고니아여, 안녕 하며 떠나와도

뱀술이 익어 가는 밤

달빛이 연잎 위에 구슬처럼 고이고
소쩍새 울음 속으로 그리움이 저물어 가는 밤
어디서 사랑이 발효되어 향기가 휘날리는데
대추나무 뿌리 근처에 묻은 독사로 담근 뱀술이 익어 간다.

하고 싶은 말, 독 같은 말, 말 못할 사연도 뱀술과 익어
향기로운 뱀술이 되기를 바라는 꿈이 역린처럼
돋아나는 밤, 누구에게나 치명적인 독마저 삭아
한 병 뱀술이 되어 가므로
달빛이 어느 밤보다 세상을 더욱 곱게 물들인다.

머지않아 장진주사 부르며 잘 익은 뱀술을 나눌
죽마고우도
달빛에 흠뻑 젖어 이 밤에 귀거래사를 읊을 것이다.

일소

아버지는 처음에 맹수인 줄 알았다. 맹수 중 범이나 사자
하나 아버지는 초식동물이었다. 맹수보다 발 빠르게 달아
나는
초식동물도 아니고 늘 우직한 소였다. 소 중에도 청도 싸
움소같이
떡 어깨가 벌어진 소, 불알에 힘이 꽉 차고 강철의 뿔을 가진
이중섭의 소도 아니고 그냥 말없이 거친 세월을
끝없이 되새김질하는 순한 눈의 소, 묵정밭 깊이 내린
쟁기를 끝없이 끌고 등에가 붙으면 그때서야 세찬 꼬리질로
등에를 쫓는 소 중의 일소, 평생 멍에를 지고 코뚜레를 한
순박한 소
굳은 땅 갈아엎어 하지감자 꽃 끝없이 핀 날을 보여 주던
우리의 비린 눈물마저 다 마셔 주고, 때론 뿔을 세워 어둠
을 밀쳐
우리를 빛 가운데 살게 한 아버지, 소 중의 일소인 줄 몰랐다.

나 이제 나이 드니 아버지가 빛나는 어금니로 강철의 발톱
으로
위용을 자랑하는 맹수보다 왜 소로 사시다가 가셨는지

소 중에도 일소로 사시다가 가셨는지

아버지가 뿔로 가난을 들이박고 벼랑으로 내몰았는지

우보천리로 우리를 어디로 데려가려 했는지 알 것 같다.

지금도 가끔 현몽하셔서

내 잠 속을 뚜벅뚜벅 가는 아버지, 무너지지 않는 산인

아버지

시를 누다

누구는 시집을 찢어 똥을 닦으므로
똥구멍도 눈이 있는지
똥구멍으로 시를 부드럽게 읽었다는데
나는 똥구멍으로 시를 낳는다.
똥이 끊어지지 않고 길게 나온 날
내가 살모사 새끼를 낳은 어미란 생각
살모사는 새끼가
어미를 물어 죽여 얻은 이름이기에
내가 눈 긴 똥이 내가 갓 낳은
살모사 새끼란 생각, 똥을 누자마자
물을 곧바로 내리거나
정신없이 달아나야 한다는 생각
내 입에서 똥구멍까지
속내를 다 아는 똥이라 끔찍하다는 생각
쾌변의 즐거움을 즐기기도 전
달아나야 한다, 달아나야 한다는 생각
나의 피와 살을 만든 근본인데도
홀로 두고 멀리 달아나야 한다는 생각

이것이 똥구멍으로 힘주어 눈 시

사랑 이야기

할머니 평생 사랑이 뭔지 몰랐는데 할아버지 돌아가시자
할아버지가 남긴 유품이 비로소 사랑이라는 것을 알았다고
할아버지가 남긴 곰방대에 가루담배를 쟁여 피우시던 할머니

남양군도로 징용을 가 돌아오지 않는 할아버지를 기다려
할아버지가 심어 준 대문 밖 대추나무, 벼락 몇 번 맞은
대추나무를 키웠는데 그것이 사랑이라 말하던 금촌댁 할머니

그립다. 세고비아 기타 소리

기억한다. 저 집에서 흘러나오던 세고비아 기타 소리, 세고비아 기타 소리의 부드러운 리듬을 타고 와 마당에 핀 가난한 꽃의 살림살이를 뒤져 꿀을 훔쳐 가던 팔랑팔랑대던 나비, 그립다. 세고비아 기타 소리, 세고비아 기타를 치던 동네 형의 긴 손가락, 기타를 친다는 이유만으로, 딴따라가 되면 집안이 망한다 해, 가족이 집을 비우면 치던 세고비아 기타, 세고비아 기타 소리에 물들어, 노랗게 뚝뚝 지던 꽃, 여름밤 바닷가에 화톳불 피워 놓고 조용히 치던 세고비아 기타, 비포장도로 같아 덜컹거리던 세월, 누구나 멀미하며 괴로운 듯 울음을 게워 내던 세월, 세고비아 기타 소리는 위로였지. 꿈을 탄주해 주는 보이지 않는 손이었지. 지금도 그리운 세고비아, 세고비아 기타 소리

모스크바의 밤

빅토르 최의 노래를 듣는 밤입니다. 물론 반전의 노래 혈액형이라는

노래도 듣고요, 빅토르가 노래를 부르던 모스크바의 밤입니다.

붉은광장으로 흘러 나간 노래를 레닌 동상도 듣고

끝없이 밖으로 새 나간 빅토르의 최를 듣는 눈발도 리듬을 타듯

허공을 오르내리다가 거리에 내려 가쁜 숨을 몰아쉽니다.

빅토르 최의 노래를 들으면 어둠은 멀고 오로지 빅토르 최의 노래

내 밤의 세상을 만들고 붉은 장미가 핀다는 붉은광장도

그렇게 사람을 집결시키고 선동했던 한때의 이념도 나를 도저히

감동시키지 못하는 무용지물, 오로지 빅토르 최의 노래만 감동입니다.

눈은 쌓여 가고 빅토르 최의 노래를 듣는 아름다운 밤입니다.

빅토르 최의 노래를 들으며 닥터 지바고를 생각하거나

바람에 끝없이 나부끼는 나타샤와 사랑을 꿈꾸는 밤입니다.

자유롭게 빅토르 최의 노래를 듣는 밤은 빅토르 최도 꿈꾸던 밤

휘날리는 눈이 적설을 이루어 가듯 빅토르 생각이 쌓여가고

난로에 불길은 타오르고 빅토르 최의 노래도 불길처럼 타오릅니다.

빅토르 최는 모스크바의 이방인이었습니다.

누대로 흘러온 그의 피는 우리에게 유전되어 온 피였습니다.

빅토르 최의 무덤에 싱싱하게 놓인 꽃다발이 떠나간 빅토르를 증언하나

멀리로 떠나가는 기차 바퀴 소리마저 눈 속에 묻혀 가나

빅토르 최는 시베리아 호랑이의 털 같은 부드러움으로

때로는 끝없이 몰아치는 블리자드 같은 노래로 살아 있습니다.

모스크바에서 듣는 노래는 하여 빅토르가 살아서 부르던 노래

기타를 튜닝하고 긴 머리 자유롭게 나부끼며 부르던 노래라

난 살아서 내게 들려주는 듯 생생한 빅토르 최의 노래

를 들으며

　밤에 종지부를 찍으며 혁명처럼 몰려올 새벽의 발소리
를 기다립니다.

　부르고 불렀으나 다 부르지 못하고 간 노래, 못다 한 노래

　빅토르 최의 노래를 듣습니다. 물론 반전의 노래 혈액형
이란 노래도

　눈발 끊겼다 이어지고 난로 위 주전자 물이 끓는 모스크
바의 밤입니다.

담쟁이넝쿨에게 배우는 사랑

난 담쟁이넝쿨에게 사랑을 배우네. 거침없이 사랑을 찾아
온몸이 오그라들 것 같은 태양 곁으로 생장점의 분열과 분열로
그 무거운 사랑의 꿈을 천형처럼 매달고 끝없이 오르는 것을
수직 벽보다 더한 담을 능숙한 클라이머같이 기어오르는 것을

그러나 담쟁이 사랑은 얼마나 멀기에 푸름으로 끝없이 타오르고
겨울 벽에 사랑한다는 문신을 철사 같은 넝쿨로 새겨 놓고
얼음장 쩡쩡 깨지는 소리 말달려 오는 겨울 초입을 기다리는가.
그러므로 담쟁이넝쿨의 사랑을 더더욱 깊이 배울 수밖에 없고

그러니 사랑은 또한 얼마나 깊은 뿌리를 가져야 하는가.

영원하여 쓸쓸한

바람과 내가 영원하지 않으면
이렇게 쓸쓸할 리가 없다.
불어 가다 불어 가다가 갈대밭에 이르러 쓸쓸한 바람
죽음도 끝이라 할 수 없어 쓸쓸한 생들
영원하므로 쓸쓸한 별들, 멸망이니 멸종 멸이라 하여도
끝이 아니므로 가지는 쓸쓸함
아득한 곳으로 올라도 그게 끝이 아니고 시작이라 쓸쓸하다.
영원한 것들이 가진 쓸쓸함의 분열과 분열, 그 또한 쓸쓸하다.
영원하므로 누군가를 영원히 사랑한다는 말도 쓸쓸한 말이다.
영원하므로 누군가가 영원히 그립다는 말도 쓸쓸한 말이다.
영원하다는 것은 매듭이 없다는 것, 시간의 열매가 없다는 것
영원이란 끝이 보이지 않으므로 쓸쓸한 것이다.
영원하므로 가지는 쓸쓸함은 영원하므로 더 쓸쓸한 것이다.
죽음도 끝이 아니므로 네가 쓸쓸하다.
나 또한 영원히 쓸쓸한 것이다.

아직도 아름다운 일몰이여

그때 일몰을 보고, 그 찬란한 마지막을 보고 누구도 가르쳐 주지 않는 생을

배우기도 했네. 그 많은 교과서 행간을 지나면서도 배우지 못한 것을 배웠네.

누구나 가장 화려한 순간이 일몰이라는 것을, 인생의 화양연화가 일몰인 것을

일몰이 너무 찬란해 입 다물지 못했지만 누구나 생의 어느 지점에서 찬란한

일몰 후 사라지는 것을, 그러니 일몰이여. 오늘의 일몰이더라도 한 번의

일몰이 아니기를, 일몰을 만들고 사라지는 해가 내일 다시 떠오르는 듯이

그러나 오늘 일몰이 단 한 번 일몰이라도 뜨겁게 가슴에 새겨진 불멸의 일몰이기를

네가 내게 일몰이고 네가 내게 일몰이더라도 영원히 잊히지 않는 일몰이기를

하여 아직도 아름다운 일몰이여. 한때 내 어두운 가슴을 밝히고 떠난

아직도 그대란 찬란한 일몰이여, 영원히 체념할 수 없는 세상의 모든 일몰이여.

멸을 찾아서

죽방에 들어차는 멸을 아는가.
생이 말라 짜부라지고
끝내 뼈째 먹히고 사라지는
블랙홀 죽방을 찾아 센 물살을 거슬러
기름기 빠지고 육질 부드러운 몸으로
감칠맛 나는 몸으로 죽방을 찾는
생의 그 끝인 멸을 찾아 오르는 멸치
작은 눈 작은 지느러미 파닥이는
생사를 초월한 춤사위로 반짝이는 멸치
나도 멸을 찾아 대멸, 중멸, 소멸
자멸, 세멸치를 찾아 죽방으로 차오르듯
남으로, 남으로 가는 길에
유자꽃 환영하듯 길가에 환하다.

키사스, 키사스

키사스, 키사스 달려가고 있다.
말방울 소리로 어둠을 잘게 부수지 않았지만
정신없이, 정신없이 달려가고 있다.
그간 이 거리의 봄은 발목을 잡고
그간 자잘한 꽃을 피우고 거대하게 자란 고목은
실은 이 거리에 잡아 두는 고삐 같은 것이었다.
키사스, 키사스 노래하며 대륙을 횡단하는
기차의 뜨거운 엔진 같은 심장으로
수레바퀴 같은 생을 굴리고 굴려 달려가고 있다.

키사스, 키사스, 나 달려가며 목마를 때
물고기자리 별보다 물병자리 별을 보여 다오.
허기를 감추기보다
물병자리 별빛으로 입을 행구고
끝없이 가난한 네 귓가에 불러 줘야 할 키사스, 키사스
내가 달려가는 길은 모천을 찾아가듯
가파른 세월을 거슬러 오르는 길
내 영혼이 꼬리에 꼬리를 치므로 너덜거리더라도
상관도 없이 네게 이르려는 길
모든 것을 벗어 버리고 네게 귀순해 가는 나인 것

>

키사스, 키사스, 생이 무료하든 즐겁든
어떤 형편이고 사정인지 따지지 않으며 달리고 달린다.
때로 방향도 없이 달려도
길은 길로 이어지는 오랜 습관 때문에 네게 이른다.
가다가 탕진해 버린 그리움이 다시 차오르는 수위가
사랑의 수위라는 것, 위험수위에 차올라야
비로소 사랑이 철철 넘쳐 나는 사랑의 한철인 것
키사스, 키사스 너와 마주 앉기 위해
소리 소문 없이 은밀하게 너를 향해 달린 지 꽤 오래다.

장밋빛 스카프 이야기

장미의 축제 기간이 오면 누구나 장미에 대해 말해
장미 빛깔마다 다른 꽃말에 대해 장미 가시에 찔려 죽은
릴케에 대해 이야기하고
그런데 나는 〈장밋빛 스카프〉란 노래에 대해 이야기한다.
사랑을 할 때마다 백만 송이 장미가 핀다는 그 먼 별나라
에 대한
  이야기도 좋지만 전방에서 함께 군 생활 한 대학교 리드
싱어였던
  경호가 잘 부르던 노래, 그러나 차량 전복 사고로 전방에
서 죽은
  경호 이야기, M16을 기타 삼아 부르던 경호의 〈장밋빛 스
카프〉

내가 왜 이럴까. 오지 않는 사람을 부르면
경호가 살아 돌아올 것 같아
지금은 틈틈이 내가 부르는 노래, 눈물의 노래

라라

라라는 초능력자, 꽃밭에 있고 꽃밭에 없고
유리 성에 있고 유리 성에 없고 있다가 없고
없다가 있고 라라는 초능력자 타임머신을 타고
축지법을 쓰고 변신술을 쓰고 별이다 별이었다가
바람이다가 구름이었다가 그런가 하면 아니고
아닐 거라 하며 그렇다고 나타나 헷갈리게 해
라라가 젖을 물리며 나는 옹알이하고
어떤 땐 무서운 얼굴로 나를 나무라다가
한없이 아양 떠는 여우였다가 가슴에 품은
은장도를 보여 주었다가 헤픈 여자로 웃는 라라
라라는 요술쟁이, 라라는 못 믿어 그러나 믿어
라라는 꾀병쟁이 아프다 했다가 아프냐면
까르르 웃는 알다가도 모를 라라, 라라
내 라라였다가 우리의 라라 너의 라라인 라라
다 라라 같으나 따지면 또 라라가 아닌 라라

아, 아 백 년

백 년 만에 개화한다는 가시연꽃을 알아, 우리 일생만큼
긴 세월에
뿌리와 물이 작당해 피운 꽃이라니, 피는 데 백 년 만이라니

멸종 위기 식물인 가시연꽃 자생 군락지 역재방죽공원에서
백 년 만에 개화한 가시연꽃 보며
내 누추하고 너덜거리는 사랑은 백 년 사랑을 필히 배워
야 한다.
내 사랑은 귀가 얇고 좁쌀 한 줌 지니지 못하는 좀팽이 사
랑인데 꽃 꿈을 물에 담그고 백 년 동안 씻고 닦고 잎마저 백
년 달빛으로 무두질하고 담금질하여 해마다 치웠다가 다시 차
려 내는 가시연의 성실로 백 년 만에 가시연꽃이 피어난다는
데 내 사랑은 작은 상처에도 아프다 엄살하고 너를 사랑한다
는 말은 나를 사랑하라는 어명 같은데 백 년 만에 피어난 가시
연꽃을 보며 내 사랑 얼마나 치졸하였는지. 그런데 백 년 만
에라니 백 년 만에 피는 꽃이라니, 내 사랑도 백 년 만에 피어
나는 사랑이라야 하는데

가시연이 자리 잡은 물 위로 나는 제비나 날벌레나 흐르

32

는 구름이나

　과연 백 년의 세월을 가늠이나 하는지 역재방죽공원 가
시연꽃 군락지에

　하루가 저무는데 저렇게 하루가 저물고 또 하루가 다시
오는 날이

　백 년 동안이라니 그 백 년 동안 내리던 햇살과 달빛을
머금고 피어난

　백 년 만에 피어난 가시연꽃으로 백 년 사랑을 배우라고
저리도 찬란하고 화려하나니

댓잎 소리

홍어 쓸듯
쓱쓱 쓰는 소리가 대숲에서 난다.
동네 어른 돼지 삶아
돼지 불알을 쓸듯 쓱쓱 쓰는 소리 난다.
저 쓱쓱 쓰는 소리
등줄기를 타고 내리는
이 땅의 묵은 뱀 같은 어둠을 잡아
쓱쓱 쓸다 군침 흘리며 바라보는 입에
쓱 한 줌 넣어 주는 소리 같다.
쓱쓱 소리 어떤 때는 쓰는 소리였다가
어떤 때는 쓱쓱
댓잎을 금강석 같은 바람에 가는 소리다.
그때 대숲은 세상의 징벌에 나서는
무사들이 집결했듯 서슬 퍼런 기운이 돈다.
대숲에 들어섰던 비둘기가 놀라서
하늘로 치솟아 도망친다.
대숲에서 쓱쓱 소리 난다.
댓잎을 새파랗게 갈아 개돼지 같은
나의 멱을 따고
동네잔치를 벌이려는지 밤새 나는 쓱쓱 소리

발골하듯 내 뼈 마디마디 사이로

시퍼렇게 칼 지나가는 소리

제2부

정부미 자루

악취 가득한 거리의 하이에나로
닥치는 대로 먹어 치운 아버지

땅에 질질 끌리듯 가득 찬 배로
집에 돌아와 주둥이를 핥는 우리에게
공복이 될 때까지 게웠던 아버지

지금은 악취 가득하나
누가 싹쓸이한 거리에서
허기져 쓰린 속에
연거푸 흘려보낸 소주 몇 잔

뱃가죽이 올라붙은 아버지 문밖에
술 냄새 풍기는 빈 자루로 구겨져
쓸쓸히 동면에 들어 있었다.

그때 모든 것이 시였다

자다가 일어나
한 사발 자리끼를 마시고 다 잠들었다가
방광에 그리움이 차올라 일어났을 때
창밖에서 별빛에 온기를 실어 보내는
반짝이는 별들이 시였다.

사방에서 사납게 몰려드는 어둠
세상이 아니라 내게 절망하다 웅크린 절박한 밤
어둠을 갉아 대는 쥐 소리가 희망을 부르는 시였다.
함구령이 내려 벙어리가 된 밤
거리를 휩쓰는 계엄군의 발소리 속에서 파닥이며
비바람을 견디는 어린 백양나무 이파리가 시였다.
뱃전을 부술 듯이 달려왔다 부서지는 파도가
높을수록 더 높이 부르는 노래가 시였다.
가난한 가슴으로 가난한 서로를 나직이 불러 주는
목소리가 시였고 가난한 가슴에 묻은
꺼지지 않는 불씨 같은 가난한 이름이 시였다.

혼자 뜨겁게 피었다가 누가 보지 않아도
혼자 져 가는 미지의 꽃이 시였다.

어둠의 숨통을 물어뜯으며
아아, 사라지는 별똥별도 시
쓸쓸한 뺨을 타고 흐르던 눈물도 한 방울 시
내 청춘이 걷어차여 도망가다가 고꾸라지며
불러 보던 어머니, 어머니도 시였다. 그때는

미라

새카맣게 말라 가는 미라
폐휴지 리어카를 끌고 간다.
헝클어진 머리 초점 잃은 눈으로
악착같이 리어카를 끈다.
더러워진 생을 버리러 가듯
폐휴지가 똥값이라지만
후하게 라면 몇 개 값을 쳐 주는
희망고물상을 향해 간다.
누구의 어머니 누구의 딸이고
누구의 할머니 누구의 친구고
이웃이고 아내고 필요 없다.
맞바람을 맞아 더 힘겨워진 그녀
이 시대 치부같이 드러난 그녀
복지국가란 현수막이 신나게
바람에 휘날린 지도 반세긴데
그녀에겐 폐휴지 리어카로 갈
희망고물상만이 필요하다.
먼 훗날 푸른 와디 같은
좋은 날이 흘러오면 폐어처럼
설령 살아나면 좋은 미라 한 구
리어카를 끝없이 끌고 간다.

까치독사

화사보다 맹독의 까치독사로
확 나를 물어 버려라.
온몸에 번지는 독이 네 사랑이므로

네게 죽기를 바라지 않는 내 사랑을
어디 사랑이라 할 수 있으랴.
내 식의 사랑법으로 죽어 갈 테니

누구에게 보다 더 치명적이어야 한다.
해독제도 없고 너를 향해
사랑한다고 말할 혀마저 마비되게

너로 인해 죽지 못해 나는 안달 난 놈
스르르 기어 오든지 길섶에
똬리를 틀고 있다가 느닷없이 물든지

독사여, 독사 중의 독사인 까치독사여

애장터에 올라

누이야, 애장터의 쓸쓸한 여우 울음소리 들리는가.
아버지가 지게로 지고 가 애장터에 묻은 우리 동생
동생은 동생이 아니라 우리의 꿈이었다.
사나운 비바람에 몰아치는 애장터에 자란 갈매나무 한 그루
우리를 부르다 못해 일어선 동생의 그리움이었다.
자식 앞세운 아버지 어머니의 끝없는 비린 울음
대 그림자로 일어나 서걱대며 창호지에 죽을 치는 밤
아버지 어머니의 그 서러움 차마 못 보아 이불을 덮고
씨감자처럼 숨죽일 때 어둠 속에서 싹으로 돋아나던 내 울음
누이야, 지금도 애장터의 쓸쓸한 여우 울음소리 들리는가.
아버지가 지게로 지고 가 우리 동생을 묻으러 갈 때
끝없이 바람에 물결치던 보리며 하늘을 물어뜯으며
까옥거리던 까마귀 떼, 눈물 머금은 풀꽃들
아버지가 동생을 묻고 또 묻고 싶던 것이 피 울음 번진
우리의 하늘이었다.
한과 눈물이 씨줄과 날줄로 짜진 거적 같은 역사였다.
누이야, 애장터에 서면 밀려왔다 밀려가는 터진 구름 사이로
끝없이 쏟아지던 햇살의 따사로움
바람에 몸을 싣고 산을 넘어와 애장터에 내리던 꽃비
누이야 애장터에 묻힌 동생이 열어 놓은 새파란 하늘의 뜻

우리의 키도 갈매나무처럼 자라 사나운 어둠을 몰아내고
우리의 동생, 우리의 아버지, 우리의 어머니, 우리나라를
비행운처럼 세상 다 보이게 쓰라는 뜻이 아닌가.
누이야, 우리 어떻게 잊고 살 수 있겠는가.
애장터에 뜨거운 밥알처럼 내리던 싸락눈을 별빛을
화살나무로 시퍼렇게 자란 아버지 울음이 애장터를 지키는
숱한 날에 끝없이 삭아 내리던 어머니 뼈 마디마디를
애장터 여우 울음이 애장터 먼 곳으로 메아리칠 때
못물에 어리듯 가슴에 어리는 동생을 품고
백 년을 넘어가는 바위처럼 우리 그렇게 살자, 누이야

푸른 뱀

　수도꼭지를 틀면 쏟아지는 물이 뱀이라는 생각…… 팔당 어디 출렁이던 푸른 뱀이 여과지를 거쳐 여기저기로 달려와 수천수만 톤 쏟아진다는 사실

　수돗물은 원죄로 똬리를 틀고 울던 밤을 접고 참회의 뱀으로 우우 몰려와 쏟아지는 푸른 뱀인 것

　뱀이 된 수돗물로 죄의 손을 씻으면 나도 누군가에게 흘러가 물뱀이든지 물이든지 그의 가문 가슴이나 텃밭을 적시고 아아 사라지고 싶은 생각

　팔당의 물을 푸른 뱀으로 바라보았다는 것, 팔당을 거쳐 온 푸른 뱀이 수도꼭지로 쏟아진다는 생각, 이 끊을 수 없는 연대로 나도 원죄의 뱀처럼 울어 보는 것, 나도 이제 속일 수 없는 나이라는 것

　수도꼭지를 트니 푸른 뱀이 쏟아진다. 제발 물의 독니를 세워 나를 단죄하기를, 나의 삶이란 숨 쉬는 것 빼고 다 거짓, 내게 독니를 박고 주렁주렁 매달려라. 푸른 뱀들아, 치명적인 독으로 몸부림치며 비로소 생명의 귀함을 깨

우칠 테니

    수도꼭지를 트니 금방 세면대에 푸른 뱀이 철철 넘쳐 나, 팔당의 바람과 햇살과 새소리와 꽃향기가 비늘로 새겨져 반짝이는 푸른 뱀, 먼 곳을 흘러와 우우 쏟아지는, 때로는 내 생의 검은 등뼈를 서늘히 훑으며 쏟아지는 푸른 뱀

간고등어

　사랑이라면 저 정도라야 한다. 물 가자 할머니가 소금 쳐서 만든 한 손 간고등어, 벌건 대낮에 좌판에서 대 놓고 후배위 사랑 중이다. 희미한 눈알로, 내장이 달아난 몸으로, 짜디짜게 파고드는 왕소금을 견디며, 등 푸른 날부터 꿈꿨던 사랑을, 사간이라며 사간이나 엽기적 사랑으로 좌판은 뜨겁다. 슬쩍 훔쳐보고 가는 새색시가 후배위를 아는지 얼굴이 붉어진다.

풀

풀을 이겨야 한다.
풀을 이기는 장사 없다지만
풀을 이기는 장사가 되어야
할아버지 할머니가
너는 힘이 장사라는 말
거짓말이 아니라는 것을
누대의 그 말씀을 이루는 것이라
예초기로 제초제로 초전박살
임전무퇴 정신으로 풀을 이겨야 한다.
때로는 비가 와 더 사나워진 풀이
내게 덤벼야 싸움이 되고
내가 풀에 이긴 소문이 돌 텐데
풀 죽은 풀, 싸울 의사가 없는 풀
풀의 고단수에 걸려
끝내 얻지 못한
풀을 이긴 장사라는 타이틀
나는 풀에게 풀로 졌다.

구르는 돌은 슬프다

구르는 돌은 슬프다. 구르는 돌은 자리 잡지 못했고 구르는 돌은 이끼가 끼지 않는다지만 이끼가 돌에게 천년 갑옷, 따뜻한 옷인 걸 알아 더 슬프다.

구르는 돌은 잠들 틈이 없다. 발에 차이는 것이 구르는 돌이다. 돌부리란 스스로 악행을 자청해 구르지 않으므로 당당한데, 구르는 돌은 굴러 닳아 가며 아프다. 때로 구르는 돌이 짱돌이다. 일생일대의 대전환, 날아가 요지부동의 방어벽에 부딪쳐 튕겨 나오기도 하지만 약자 편에 서서 약자의 울분을 머금고 온몸으로 날아간다는 것, 실어 준 힘을 반동 삼아 결국 돌아오는 부메랑이 아니더라도 날아간다는 것, 어쩌면 버려진다 하더라도

구르는 돌은 모가 닳아 두루뭉술하지만 구르지 않는 돌은 모가 살아 있다. 원시인이 돌 끝에 매달아 사냥에 나설 때의 아름다운 날의 기억을 머금고 모가 살아 있다. 돌의 모라는 것은 스스로 깨져 가진 날이거나 제 안에 숨긴 날을 내보이는 것, 구르는 돌은 깨면 모가 살아 있으나 구르므로 닳은 작은 돌에서 나온 모라 볼품없다.

>

아버지도 세상에 구르는 돌이었다. 구르며 자식 목구멍에 풀칠한다며 좌로 우로가 아니라 좌익도 우익도 아닌 채 이념도 없이 천지 사방으로 굴렀다. 구르는 돌이 박힌 돌을 뽑는다는 말은 말일 뿐, 아버지는 구르기만 하는 슬픈 돌이었다. 구른다는 것은 결국 뿌리가 없다는 것, 꽃 피지 않는다는 것, 잡아야 할 지푸라기가 없다는 것

지금도 나는 구르는 돌을 보면 슬프다. 정신없이 굴러가는 돌, 멈추려는 의지가 없는 돌, 굴러서 남의 장독을 깨뜨리는 돌, 구르며 풀을 으깨며 산 아래로 구르는 돌, 간혹 살다 보면 나도 구르는 돌이다. 살다 보니 약삭빠르게 이리저리 뒹구는 돌, 그러나 저녁이면 커다란 눈물 한 방울인 돌

아무튼 집 없이 구르는 돌은 슬프다. 지상에 불멸의 집 한 채 얻지 못해 이리저리 구를 너도 나도 이구동성으로 슬프다. 슬플 수밖에 없는 구르는 돌이다. 너도 나도 돌이다

불립문자

아버지의 말씀 애장터에 묻듯
어둠에 묻어 버린 날은
옆구리에 창 맞은 짐승처럼 울었습니다.

번역하려 해도 끝내 번역되지 않는
불립문자 같은 아버지 말씀
입 안에서 오래 벼르다 낸 말이나
나에게 고리타분한 말이었습니다.

바람 부는 세상에서 비로소 내게 튼튼한
바람벽이 아버지 말씀이란 것을
겨우 알아챈 날 묻었던 아버지 말씀
햇감자처럼 어둠서 캐내며 울었습니다.

너무 미안해 상처 입은 짐승처럼 울었습니다.

시방 나는 아버지 말씀 토씨 하나 틀리지 않게
가슴에 새기고
바람 속에 참죽나무 한 그루로 섰습니다.

서대

장대 끝에 매달린

서대가 몸 안에 훔쳐 담은

바다와 함께 꾸덕꾸덕 말라 간다.

햇살이 물기를 핥다 가고

몰려온 바람이

오래 흔들수록 맛깔나게 서대가 마른다.

허공에 펼쳐진

서대로 차려진 밥상 하나의 기억

먼 곳까지 가서 오라 오라는 손짓이 된다.

무엇 하나 잘 말라 입맛 잃은 세상

밥반찬 하나 된다는 것은 얼마나 힘든 일이냐

비의 기척만 있어도

국기 하강식을 하듯 내린 서대에

잘 마른 서해의 꿈이 비늘로 반짝인다.

내 그리움마저 서대처럼

바지랑대에 매달아 보는 오후

저녁에는 서대와 꾸덕꾸덕 잘 말라

맛 들어 있을 것이다.

매미

이제 울지 않으면 더 이상
울지 못한다는 것을 아는
매미가 운다.
이제 남을 위해 울지 않으면
울지 못한다는 것을 아는
매미가 운다.
할아버지를 산에 묻고
할머니가 몇 날 며칠 울었듯
노련한 곡비가 울고 울어
심금을 흔들어 놓듯이
우는 것이 지복인 듯 매미가 운다.
울음 천지 만들려는 듯
울음의 패권을 잡으려는 듯
분명 죄지은 내가 불쌍해
종일 우는 것인데 듣는 사람
멋대로 해석하라며 매미가 운다.
마음을 자꾸 맴이라 하는
어머니 매미 소리 들으면
아버지 기일이 매미 울음
한창일 때였으므로

어머니 맴이 아픈데도 운다.

지하 수감 생활이 떠올라 우는지

자꾸 울어 매미는 없고

매미 울음만 쨍쨍하게 살아 있다.

아아, 으악새 슬피 우는

달 푸른 밤이었다.
오줌보가 차오르고 잠지가 성난 밤
그 늦은 밤에야 귀가하며 아버지가 부르던 노래
아아, 으악새 슬피 우는 가을인가요, 노래
아버지 앞서 집으로 달려올 때 취기로 불콰해진
얼굴로 아아, 으악새 슬피 우는
아리랑 고개를 넘어 올 때 손에는 술 취해도
잘 챙겨 오시던 어머니가 좋아하던 분 한 갑
할머니 좋아하던 물 명태 몇 마리
괴춤에 숨긴 내게 좋아하던 돌 사탕 몇 알
아버지 이승 떠난 저승에서
아아, 으악새 슬피 우는 가을인가요, 를 부르며
지금은 어느 고개를 넘어 누구를 찾아가시나.
이제는 아버지 대신 내가
아아, 으악새 슬피 우는 가을인가요, 를 부르며
늦은 귀갓길인데 거울 앞에 서면
아버지 얼굴이 자꾸 내 얼굴과 겹치며 떠오르는데
아아, 으악새 슬피 우는 가을인가요, 를 부르며
아버지 좋아하시던 풍년초 한 보루 들고
나는 어디로 가야 아버지를 뵙나
아아, 으악새 슬피 우는 가을인데 달밤인데

본색

본색이란 시를 지었던 그분의 묘소에 가니
죽어서도 시를 지으셨는지
꽃으로 나무 이파리로 시가 피어나
바람에 흔들리고 파닥이기까지 했어요.
그분 필체로 푸른 잎맥으로 도드라진
시는 읽을 만했고 훔쳐서 가지고 싶었어요.

죽어서도 그분의 본색은 시 농사꾼
올해도 시 농사 잘되어 시 풍년일 테지요

시렁 위의 북

　죽은 소가 북이 되어 제 울음을 북소리로 둥둥 낸다는 것을, 북소리가 어느 구석에 말라붙어 있다가 소가죽 북 이전의 생일 때 끝없이 자라 소 풀이 되어 준 풀이 고마웠다고 들불처럼 살아나 북소리를 둥둥 울린다는 것, 이미 풀은 다 알고, 끝없이 되새김질해 안으로 꿀꺽 삼킨 풀이 뼈가 되고 살도 되고 소가죽이 되어 준 것이 고마워 북을 칠 때마다 한 옥타브 더 높이려고 소가죽 북이 안간힘을 쓴다는 것, 이미 아는 사람은 다 알고 젊을 때 우골탑을 쌓던 소, 늙어서는 삶이란 우황이 들어 병상에 누워 우엉 우엉 울던 소, 우리의 아버지란 것, 말하지 않아도 누구나 다 알고 아무리 아니라, 아니라 해도 소일 수밖에 없는 아버지고, 아버지가 백정 같은 세상이 휘두른 망치를 맞고 쿵 쓰러졌다가 끝내 북이 되어 둥둥 북소리로 더러워진 세월의 뿌리 새하얗게 씻거나 멀리 가 돌아오지 않는 꽃 피는 세월도 부르고 그러다 지금은 시렁 위에 놓인 북, 어둠 속에 버려진 북, 놀면 뭐 하냐며 미친 듯이 흥이 날 때까지 둥둥 때려 달라는 소가죽 북 아버지, 북 쳐서 모든 것이 깨어날 날이라며 북채를 손에 슬그머니 잡게 하는 아버지, 소가죽 북 아버지, 모진 세월 다 겪고 북으로 돌아온 아버지

독서의 계절

아내는 40년 류머티즘 앓은 고서적 한 권
두 개의 인공관절, 변형을 바로잡은
철심이 여기저기 문장의 중심으로 박힌 책
크레졸 냄새와 한나절 시간의 대수술을
8번이나 한 문장으로 이뤄진 책
떨어진 나뭇잎의 잎맥으로 새겨진
나무의 문장을 읽는다고
숲에 수천 톤 쏟아지는 햇살이 환한 날
류머티즘 관절염으로 온몸에 온
아내의 통증을 한 줄 한 줄 읽는
독서의 계절 차라리 내가 아내 대신
통증의 경전이 되어
종일 햇살이 줄줄 끝없이 읽기를 바랍니다.

별

아버지처럼 뒷짐을 지고 별을 본다.
별을 볼 때 별을 한 수 아래로 보고
여유롭게 별을 보던 아버지의 등
별보다 더 밝던 날이 내게 분명 있었다.
뒷짐 졌을 때는 하인을 부르듯이
다소 거만하고 만만하게 어이 별아
별아 불러야 별을 부르는 맛이 있다.
아버지 떠난 자리에 내가 아버지처럼
뒷짐 지고 귀가 멀어 버린 별마저
조용히 별아, 어이 별아 불러 본다.
별이 된 아버지를 소리, 소리쳐 부른다.

팔자걸음

팔자걸음 걷지 말라고 아내가 잔소리다.
조심조심해 걷다 보면 어느새 또 걷는 팔자걸음
나는 팔자걸음으로 팔자 발자국을 갯벌 같은 세상에
여기저기 찍으며 왔다.
내가 찍은 팔자 발자국에 발 넣고 걸어 보던
달빛이 재미있다며
끝내 내 집 뒤란까지 따라와 대숲과 노닥거리다 갔다.
팔자걸음이 내 근본이라
팔자를 앞세우고 팔자걸음으로 팔자 발자국으로
지구는 둥그니까 자꾸 앞으로 걸어 나가는 것

어쩌다 말라 가는 무논에 푹푹 찍어 놓은 팔자 발자국에
미꾸라지가 살고 올챙이가 우글거리며 기우제를 올려
푸른 비가 오면 팔자가 편 듯 하늘을 향해
딱 벌어진 팔자 발자국이 아아 오오 노래해도 좋은 것
걷다 뒤돌아보면 팔자 센 나를 끝까지 따라오는
팔자 발자국, 내 팔자가 펴질 때까지 따라오려는
고집으로 꽝꽝 찍혀 있다.

제3부

마디

대나무 마디가 굵고 단단하다.
대나무 숲에도 바람이 몹시 불었다는 거지
겨울에 폭설이 서너 차례 쏟아져
대나무 숲의 점령을 꿈꾸다 실패했다는 거지
수난이 있을 때마다 비바람 몰아칠 때마다
마디마디가 자라고 아픔으로 단단해져
이제는 무엇에도 끄떡없는 대라는 거지
대를 쪄서 삿대를 만들고 낚싯대를 만들고
장대를 만들어 서대를 꾸덕꾸덕 말려도
휘어질지언정 더 이상 부러지지 않는다는 것
아버지 손 마디마디가 굵고 단단해질수록
삼꽃 피듯 집안에 웃음이 피어났던 것처럼
대나무 마디가 굵고 더 단단해지면
그렇게 학수고대하던 태평성대라는 것

꽃의 바그다드

내가 꽃 꿈에 젖었다는 생각, 그대가 꽃의 바그다드에 있다는 생각
꽃의 바그다드에 가려면 건너야 할 사막
끝없이 날개에 달라붙을 바그다드 생각, 사막여우의 긴 울음
밀도 높게 어둠의 미립자가 빽빽하게 막아설 장막 같은 밤
하나 내가 가는 바그다드는 꽃의 바그다드
기어코 백병전으로도 가야 할 꽃의 바그다드
내가 꽃의 바그다드로 가기 위해 내 날개가 칼이라는 생각
쌍칼 춤을 추며 바람의 살 수천 근 베어 내며
어둠의 수천수만 모가지를 추풍낙엽처럼 날리며 가야 하는 나비의 길
그대는 꽃의 바그다드에 꽃으로 피어 바람에 흔들리며 꽃향기 휘날릴까.
에둘러 가는 길이라도 내가 가는 길은 바그다드로 가는 꽃길

나는 꽃의 바그다드로 가는 칼춤 추는 칼 나비

아버지 불알

모처럼 아버지 온천에 모셔서
등의 때를 밀어 줍니다.
옛날엔 등 하나 내게 맡긴다는 것
자존심 상한다는 듯 손사래 치시더니
오늘은 말없이 등을 내맡긴 채
어이쿠 시원하다, 시원하다는 말을
연발합니다.
축 처진 아버지 어깨
맥없이 축 늘어진 불알
한때 나를 만들고 동생을 만드느라
주먹 돌같이 단단하게 올라붙었을 불알
주름 같은 아버지 묻은 때를 벗겨 주면
처진 아버지의 불알 다시 당당하게
위로 올라붙기를 바라는 오후입니다.

고야

아내는 싸락눈 뒤란의 창호지에 들이치는 밤
가장 화사하게 밤을 면사포처럼 살포시 펼치고 앉아
아직 누구도 듣지 못한 내 가난한 시를 읽었습니다.
불씨가 묻혀 있는 질화로 같은 내 가슴을 뒤적여
주눅 들어 사위어 가던 시의 불길도 조금씩 살렸습니다.
내 가난한 시를 알리는 낭송가가 된 아내의 나라
메밀꽃 바람에 일면 전국 시 낭송 대회가 열리고
아내는 아내의 어머니에게 물려받아
풀 먹이고 손질해 옷장 안에 고이 간직한 옷을 입고
거울 앞에 서서 아름답게 화장을 했습니다.
내 시어들이 고기비늘처럼 반짝이지도 않고
아침 바다에 햇살을 받고 일어나는 윤슬 같지 않아도
아내는 아내의 목소리로 세상에서 가장 눈부신
색깔로 내 시를 조금씩 도금했습니다.
오늘 밤 난 아내가 낭송하는 시를 꿈결에 듣습니다.

푸른 지폐를 세며

드디어 나도 푸른 지폐를 센다. 몇 장 되지 않지만
밑천이 될 수 있으므로, 이 돈으로 복권을 사면 일확천금을
얻을 수도 있으므로, 이 돈으로 장미 한 다발을 들고 가면
짝사랑 그녀가 내 사랑을 받아 줄 수 있으므로 보아라.
나도 푸른 지폐를 센다. 만약 이 돈을 섣불리 쓴다면
내 열 손가락에 장을 지질 것이다. 돈다발은 아니지만
푸른 지폐를 세다 어머니가 곁에 계시면 어머니에게 몇 장
슬쩍 드리며 어머니 경로당에 가셔서 아들이 준 용돈이라
자랑하며 자장면이라도 한 그릇씩 돌리라 하고 싶은
아버지에게도 몇 장을 손에 꼭 쥐어 주며 막걸릿집에 가셔서
어른들 불러 시원하게 막걸리 한잔 하시라 권하고 싶어라.
내 손에 푸른 지폐가 있다. 몇 장 배추 이파리 같은
싱싱한 돈이 있다. 피 팔아 얻은 것이지만 이 푸른 지폐
횡재를 한 듯 기쁘다. 나도 지금 푸른 지폐를 세고 있다.
가난한 목숨값이 내 손에 쥐어져 있다. 침 발라 세 보는

참

그 어른의 무덤에 갔습니다.
그 어른 돌아가신 지 몇 해가 지났으므로
그 어른의 시와 어른의 행적을 말하던 사람도
드문드문해졌지만 그 일에 무색하게
선생님 시와 선생님 시절의 이야기가 봉분에서 넘쳐 나
풀꽃으로 피고 풀잎으로 자라나 여름 한 철을 농사짓고
있었습니다.
선생님의 시 본색이듯 풀의 본색으로 장관을 이루고 있
었습니다.
그 일뿐이겠습니까. 까막눈이고 까막 귀라 선생님에 대해
일자무식인 벌과 나비 방아깨비도 선생님에 대해 눈치
챘는지
무덤을 수놓고 무덤 위 파란 하늘을 수호하듯 분주했습
니다.
아무리 생각해도 그분이 돌아가신 지 오래이나
세월의 뒷전 같은 그곳 참, 보기가 좋았습니다.

저 자리가 시퍼렇다

폐가 앞 저 자리 할머니의 생 같은
늙은 노각 몇 개 내놓고 종일 지키던 자리
때로 할머니 툭툭 불거진 손마디 같은 콩
낡은 바가지에 담아 팔고
어떤 날은 텃밭의 옥수수 따 가지고 앉아
이웃이거나 지나가는 사람에게 그저 주듯이 팔던
할머니의 자리, 이제는 폐가와 함께 빈자리다.
사업 실패로 가족 뿔뿔이 흩어진 장남 소식 기다려
어스름 새벽이면 돈도 안 되는 것 들고 나와
저 자리를 지켰다는 것을 아는 사람 다 알았다.

할머니가 돌아가시기 전에 잘 여문 풀씨
몇 줌 뿌려 놓고 갔는지 할머니 앉았던 자리
감쪽같이 묻을 듯 바랭이 명아주 잡풀이 시퍼렇다.

툭

오랜만에 돈 생각, 세상 생각하지 않고
편안하게 세신사에게 몸을 맡겼습니다.
그러다가 깜빡 천년 잠에 든 것 같았습니다.

세신사 참 부드럽게 구석구석 때를 잘 밀어 줍니다.
내 때 밀고 받은 돈으로 세신사
아내의 화장품도 사 주고 자식 신발도 사 주고 학교도 보내고
잘 불어 푸슬푸슬 일어나는 때값이 참 야무집니다.
피로가 풀려 맥이 풀린 듯 깜빡 잠들었나 봅니다.

세신사 때를 밀어 주고 정화된 마음 정결한 몸으로 세상으로
거침없이 나가라는 듯
모든 것을 맡기고 잠든 내 등을 툭 때려 깨웠습니다.
때 하나 민 것뿐인데 세상 참 개운해졌습니다.

추억탕

올해도 어김없이 추어탕이 그립다.
호박 이파리 넣고 소금을 넣자
생지옥이 된 함지박에서 몸부림치던
미꾸라지에게 미안하지만
가을이면 누나가 이 논 저 논에 넣은
통발로 살찐 미꾸라지를 잡아
생솔가지 불로 펄펄 끓여 주던 추어탕
지금은 월남 참전 후 고엽제 환자로
일찍 돌아간 자형과 밤새 나눈 술로
새벽이면 쓰렸던 속 풀어 주던 추어탕
올해도 자형이 없는 들판
누나가 쓸쓸히 통발 놓고 다니고
가을이니 갑자기 자형과의 술자리
누나의 추어탕이 그리워져 나는
추어탕이라 쓰고 추억탕이라 읽는다.

근에게

근아, 나는 네 그림을 보고 있네.
그림 속에 네 고향 햇살이 쏟아지고
신경을 곤두세우고 다녀야 할 사람들은 꽃 같은 얼굴이고
내가 그림 속에 들어가 살고 싶은 집들이 여기저기 있고
그림 속에 들어가 냄새 맡고 싶은 꽃은 소담스럽고
오늘은 태풍 북상으로 모두가 긴장하고
비설거지한다고 눈코 뜰 새 없이 분주하나
태풍의 눈 안에 든 것 같은 네 그림 속에 내가 잃어버린
내가 날마다 망명을 꿈꾸던 나라와 펄럭이는 깃발이 있네.
태풍의 어떤 기운도 비집고 들 틈이 없는 나라가 있네.
근아, 나는 네 그림을 보며 네 그림이 그림으로 끝나지 않고
현실을 멋있게 만들 청사진이라는 것을 아네.
유목민처럼 네가 홀로 화판 속으로 떠돌며 때론 낙타처럼
고개 높이 들고 물 냄새를 맡으려 푸르릉댄 것도
때로는 화판 안에 페어처럼 온몸을 웅크리고 잠이 들어
푸른 와디를 기다렸다는 것도 네 붓 터치 터치마다 나타나
근아, 네 그림을 본 사람은 그림의 기억을 드라이브 삼아
그간 팽개쳐 둔 꿈을 재조립하고 느슨했던 것을 꼭꼭 조여
근아, 내가 세상에서 가장 쓸쓸할 때
너는 들판의 눈부신 한 묶음 풀꽃을 개울에 오르내리는

버들치의 반짝이는 비늘을 보여 주는 순간 알았지.
네 뼈 마디마디를 붓을 세운 듯 세우고
영원히 마르지 않는 강물을 그리고 바다를 그리고
네 작업으로 끝내 아름다운 세상 하나 세울 거라는 것
근아, 태풍의 영향으로 비가 쏟아지나 네 그림은
젖을 수도 없고 젖지도 않을 꿈 한 폭이네

센서 등

저 소녀 성능 좋은 센서 등, 소년이 다가가자 환히 켜져
소녀의 웃음은 빛난다. 소년이 떠나면 곧 꺼질 것이다.
나도 꽃 피는 봄이면 내 마음도 탁 하고 켜져 오래 환했다.
옛날 어머니도 아버지에게 센서 등, 아버지가 기술자로
울산공단에 오래 있다 돌아오는 발소리 동네 입구를 울리면
아무리 늦은 밤이라도 어머니는 탁 켜져 목련꽃보다
화사하게 빛이 났고 이처럼 세상 모든 사람 각자가 민감하게
반응하는 사람을 가졌기에 사람이 나타나거나 사라지면
환히 켜지거나 캄캄하게 꺼지기도 해, 불야성의 도시라도
사람이 쉼 없이 자동으로 꺼졌다 켜졌다 하기에 아름다워
지금도 누가 다가가는지 멀리서 탁 하고 켜진 환한 얼굴
이 보여

갈치

제주도 앞바다가 내게 명검 한 상자를 보내 주었네.
제주도 앞바다로 담금질하고 무두질한
무엇이라도 단숨에 배어 버릴 명검 한 상자
이왕 이렇게 된 날
천군만마를 길러 명검을 들고 호령하며
북벌에 나서는 할아버지가 그렇게 학수고대했던
장수가 되고 싶은데
물이 가기 전 손질해 갈치구이나 조림을 하자는
아내의 말에 명검의 꿈이 산산이 부서지고 말았네.
그래도 명검의 꿈을 일깨워 주려고
명검 한 상자를 보내 준 제주 앞바다가 내내 고맙네.

백석과 보낸 며칠간

백석 시에 빠져 백석과 보낸 며칠간
눈이 오고 토방의 질화로에
곱돌탕관에 약이 끓으면
나도 아버지 탕약을 정성스레 끓이던
옛날 어머니 마음을 되돌아보는 것
'내가 언제나 무서운 외갓집은
초저녁이면 안팎 마당이 그득하니
하이얀 나비수염을 물은 보득지근한
북쪽재비들이 씨굴씨굴 모여서는 짱짱짱짱
쇳스럽게 울어대는' 백석의 외가라면 나는
사과꽃 환했던 함흥 내 외가를 떠올리는 것
내가 백석과 보낸 며칠간은 아나키스트도
공화국도 당국도 중앙도 없고 세상도 없고
'승냥이가 새끼를 치는 밤에
쇠메 든 도적이 났다는 가즈랑고개를'
여우난골을 이야기하는 백석만 있는 것
백석과 보낸 며칠간 나는 백석의 나라에
훨훨 날아다니는 북방 나비도 되고
북방 여치같이 인중 긴 얼굴로 객잔에 앉았거나
청배 파는 메기 꼬리같이

수염이 난 노인을 오래 생각하고

백석과 보낸 며칠간 가난한 내 영혼에서
볍씨 같이 싹 트던 맑은 눈

황발이

월남 참전 후 부상으로 외팔이가 되어
황발이라 불리는 오촌 아재
그렇게 사람 좋던 오촌 아재, 베트콩을 무수히 죽인
트라우마를 술로 이기려다 고주망태가 된 오촌 아재
오촌 아재 형수도 오촌 아재 수발을 들다가 넋이 빠져
어느 날 차에 치여 왕버들나무 숲 소쩍새가 되었다.
오촌 아재 외팔로 형수가 좋아했던 하얀 박꽃
담 위에 피워 놓고 골목에도 피워 놓고
형수 다시 살아 돌아오면
외팔이지만 다시 꼭 부둥켜안고 사랑해 줄 거라고
갓 피어난 박꽃처럼 허허 웃어 가슴 짠했는데

오촌 아재 사랑해선 안 될 사람을 사랑하는 죄라서
불콰한 얼굴로 노래해서
이제야 모든 것을 접고 오촌 아재 점찍어 둔 사람
오촌 아재의 한 팔을 원하는 누가 있나 궁금해서 물었더니
곱던 얼굴, 봉선화 꽃 같은 마음으로 와 힘들게 살다 간
네 형수가 사랑해선 안 될 사람이었지라는 말에
손쓸 틈도 없이 무너지던 억장
그날 밤 소쩍새 울음은 왜 그리 구슬펐던지

피 토하듯 울어 대는 소쩍새로

형수를 향한 오촌 아재의 그리움도 익을 대로 익었을 테고

만추

입 안에서 조약돌같이
남몰래 굴리고 굴리던 이름 하나
자면서도 입 안에서
이름을 굴리는 소리
메아리가 되어 나를 흔들었나.
놀라 가랑잎처럼 깨어난 밤

이름 하나가 내내 서럽다.

수수방관

늙고 익었다는 것은 참수당할 죄인가.
태풍의 날도 거뜬하게 지났으나
복병은 다른 곳에 있어 양파 망을 뒤집어쓰고
참수형을 기다리는 저 수수여, 수수의 운명이여

새파랗게 간 낫에 뎅강 모가지가 잘릴 때
그 비극이 내 것이 전혀 아니어서 더 아프다.

참수형이 마땅한 나만 멀쩡해서 더 아프다.

할머니와 촛불

할머니는 누대를 따져도 집안에서 촛불을 가장 많이 켜신 분
새벽 부뚜막에 촛불을 켜시고 백 년 우물에서 정화수 길어
굽어진 허리 더 굽혀 자손을 위해 치성을 드리던 할머니
할머니가 가꾸는 콩나물시루 물 떨어지는 소리 속에 환했던 촛불

할머니는 촛불로 삼신을 부르고 삼신이 오는 길을 촛불로 밝히고
영험한 삼신과 촛불을 켜서 내통하시고 촛농같이 뜨겁게 흘러내리는
눈물로 제발 집안과 세상이 시끄럽지 않기를 빌고
촛불 앞에서 할아버지와의 사랑이 불멸하리라 맹세도 수없이 했으니

할머니 돌아가셔서 꽃상여를 타고 너울너울 선산으로 가실 때
할머니 노잣돈도 돈이지만 할머니 무덤 안을 밝히시라 초 서너 자루
챙겨 드리고 싶었는데 정갈하게 쪽 진 머리로 촛불 앞에

서 할머니

나를 끝없이 점지해 달라는 치성으로 내 내력에도 촛불
이 늘 환한데

할머니를 이어 어머니도 새벽 부뚜막에 정화수 길어 놓
고 내 군대 생활

무사하라고 빌면서 그을음 가득한 부엌에서 청춘이 늙
으셨는데

누대로 밝히면서 오는 촛불의 힘을 나는 믿는데

오늘 밤은 돌아가신 할머니, 어머니가 밤하늘에서 만난
촛불을 켜셨나.

밤하늘 모든 별은 촛불이다. 가물거리나 꺼지지 않는 촛
불이다.

나무를 찾아

목 매달 나무 하나쯤 봐 두어야 한다.
죽기를 작정하면 산다지만
살기를 작정하며 죽으려고
나무 아래에 몇 발의 줄도 숨겨 두어야 한다.
내가 죽어야 반드시 천 명의 사람을 살릴
그런 일이 있으므로
아, 아버지가 왜 목 맬 나무 한 그루 찾아
혈안이 되어 천지를 돌아다녔는지 알므로
목을 매달고 몸부림치다가 죽어 가는 그 자리
넋이 꽃으로 피어나 꽃 한철 올 것이다.

제4부

부론에서 치자꽃 향기를 맡는다

가을이라 그럴 리가 없는데 치자꽃 향기가 바람에 휘날린다.
비 내리는 부론 강가에서 비에 젖는 조약돌 같은 날이 있었고
그때의 기억이 아랍인의 눈빛처럼 깊어 가는데
밟지 않으려고 낙엽을 피해 앞서 걸어가는 사람에게서
치자꽃 향기 바람에 휘날리고 나는 긴 머리카락이 흩뿌리는
치자꽃 향기에 가을 만산홍엽에 취하듯 취한다.
치자꽃 향기 좋은 듯이 긴 꽃대 끝에 핀 코스모스도 나풀거리고
이제 내 기억은 부론의 치자꽃 향기에 필이 꽂힐 수밖에 없다.

앞서 걸어가는 사람이 자꾸 치자꽃처럼 헛것으로 보이는 부론

머나먼 북방

우리 마가리에 가서 살듯
북방 가서 살자
북방의 풀꽃 보며 북방 여자
새하얀 종아리를 훔쳐보며
북방식으로 달아올라
북방 여인의 이름
북방의 바람 맞고 부르려
북방 가서 살자
우리의 하늘 우리의 땅
우리의 새가 우는 북방에서
북방의 남자가 되어
신전 같은 장딴지로 말 달리며
마가리에 가서 살듯
북방 여치 같은 긴 인중으로
북방의 사색에 잠기며
엄마야, 누나야
북방 살자 끝없이 노래하며
깨 심고 옥수수 심는
북방 가서 살자. 우리 북방 살자.

우리의 별, 우리의 별자리가
밤이면 초롱초롱한 북방 가 살자

자작나무 숲에 흑임자 같은 별이 떠네

내 아지트인 언덕의 자작나무 숲에 흑임자 같은 별이 떠네.

먼 것은 더 멀어지게 만드는 밤의 습관 속으로 오래가지 못할
꽃이지만 혼심의 힘으로 피어나 들쥐처럼 어둠을 갉는 분
주한 소리

나는 나를 점검하여 성능 좋은 안테나처럼 두 팔을 활짝 펴고
밤마다 먼 곳으로 텔레파시를 끝없이 보내며 이파리 파닥
거리는
늙은 자작나무처럼 발뒤축을 들고 독사처럼 빳빳하게 고
개 세우고
밤이 실어 준 힘으로 먼 그대에게 날아갈 부메랑 하나 꿈꾸며
저 푸른 별 아래서 더 멀리 있는 길 하나를 더듬으며 가늠
하네.

나의 부메랑이 어둠이 깊을수록 완강해지는 밤의 힘으로
강 건너 들판 지나 산을 넘어 꿀벌 잉잉거렸던 아카시아 숲
으로
어느 날 운석이 흘러가듯 가 그대 창을 아픈 별처럼 스쳐
오는

>
　내 아지트에 상처 입어 짐승처럼 웅크려 오래 상처를 핥
을 때
　같이 아파해 줬던 은하수와 별과 자작나무 숲에 기대 흔
들리던 밤
　어느 별에서 슬픈 사랑으로 운 울음이 밤 구름으로 몰려
드는 밤

　내 꿈의 아지트에서 기다리는 그대 발소리와 백 년 사랑
재촉하며
　울어 줄 백 년 소쩍새 울음과 백 년의 문장을 새겨 줄 구
절초
　마디마디 스미는 자작나무 이파리 잎맥을 읽는 바람 소리
　눈 붉게 울다가 뱀이 조용히 허물 벗는 소리

　내 아지트인 언덕의 자작나무 숲에 흑임자 같은 별이 뜨
면 별빛으로
　깃털을 말리는 어린 새와 벌레와 풀잎과 밤이슬에 젖어
펄럭이는
　습자지 같은 그리움과 밤의 감정과 밤의 로망과 밤의 페

이지와 흑설탕과

　내 아지트인 언덕의 자작나무 숲에 흑임자 같은 영험한
별이 뜨면
　우주의 초야이듯 태몽이 한 치 한 치 깊어 가는 내 처녀
인 꿈

백 년 할아버지

벚나무 아래로 할아버지 지팡이 집고
벚꽃 낭자하게 진 도청 뒷길을 간다.
올해도 벚꽃놀이 준비한다고 몇 뼘 더 자란 벚나무
벚꽃이 할아버지 꽃구경 나오기를 기다렸다는 듯이
분분히 휘날리고 바람이 불자 하늘로 쏟아지듯 치솟아
오르고
지는 벚꽃이 할아버지 청춘이듯 아이고 아깝다, 아깝다
정말 아깝다 연발하며 할아버지가 벚꽃과 어울려 가는
백 년 꽃길
할아버지도 백 년 할아버지, 온갖 풍파 다 겪고 파란만
장 지나
나라를 위해 총질하다가 도리어 총을 맞아 절뚝이는 몸
이제 하나가 된 꿋꿋한 지팡이와 함께 가는 백 년 꽃길
또 백 년으로 이어 놓으려는 듯이 백 년 할아버지
꽃 할아버지가 되어 도청 뒷길을 간다.

빗방울

이 봄밤 빗방울이 나를 적신다 생각한다면
나는 누군가를 사랑하고 있는 것이다.
이 봄밤 빗방울이 나를 때린다 생각한다면
나는 누군가를 증오하고 있는 것이다.
봄비지만 하늘 변죽을 울리며 멀리 천둥 치고
이 봄밤 빗방울이 흘러내린다 생각한다면
나와 누군가의 사랑이 이별로 흐르는 중이고
이 봄밤 빗방울이 맺혀 있다 생각한다면
나와 누군가 사랑이 그리움으로 익는 중이다.

오늘은 어두운 창가에 눈발인 듯 빗방울 붐비고

너를 위한 무사

너를 위해 불꽃 나무를 벤 적 있네.
불꽃 같은 잎을 무수히 매단 나무
죽으려면 천 년의 세월을 보내야 하는 나무
네 쪽을 보려면 시야를 가려 베어 버린 나무
너를 위해 부르던 노래가 네게 가지 않고
불꽃 같은 잎과 파닥이며 노닥거려
곧장 내 노래 네게 흘러가라고
나 무사가 되어 불꽃 나무 단칼에 베었네.
불꽃 같은 잎의 부채질로 시원했는데
너에게 눈멀어 아무것도 보이지 않았고
불꽃 나무 그림자가 창에 어른거리며
내가 깊은 잠에 드는 것을 알면서도
적의 목을 겨누어야 할 칼끝으로
나 눈먼 무사인 듯 불꽃 나무를 단숨에 벴네.
세상 저편까지 함께할 불꽃 나무 한 그루
불꽃 같은 잎으로 우기의 가슴 한편
뽀얗게 말려 주던 귀한 불꽃 나무였는데
너를 얻기 위해 무지몽매하게 벤 불꽃 나무
나는 자결의 칼로 할복이 마땅한 무사

명왕성 남자

그가 회사에서 퇴출되었으므로 명왕성
남자라고 부른다. 명왕성이 행성에서
퇴출되었지만 크기나 궤도
여전히 변동 없고 태양의 반사로 빛나
스스로 빛을 내는 별이 아닌 행성 명왕성
그가 회사서 퇴출되어도
그의 퇴출을 모르는 사람은 여전히
그를 부장이라 부르나 명왕성이 된 남자
한때 태양계가 수성, 금성, 지구, 화성,
목성, 토성, 천왕성, 해왕성, 명왕성인
행성으로 이뤄졌으나 명왕성이 퇴출되었듯
그도 사회서 퇴출이 되었지만 복귀를 노리는
이제는 명왕성이라 불리어지는 남자

그의 퇴출을 모르는 아내가 다림질한 옷
보온병에 넣어 준 따뜻한 커피를 가지고
아침부터 공원에 나와 벼룩시장을 뒤져
다시 태양계로 명왕성이 복귀를 기다리듯
그가 복귀해 갈 자리를 여기저기 찾아본다.
내일은 홀로 선산의 아버지 무덤을 찾아

그간의 서러웠던 일을 울음으로 고하고 돌아와
여러 악조건을 이겨 내고 기어코
복귀하려는 세상에서 퇴출된 명왕성 남자

그의 어깨에 쏟아지는 오늘 햇살이 따뜻하다.

장미를 피우는 시간

백만 송이 장미를 피우는 방법을 우리 지금껏 모르고 있지
서로가 사랑하면 백만 송이 장미가 핀다는 작은 별은 알아도
백만 송이 장미를 피우는 것은 진실한 사랑
백만 송이 장미가 피지 않는 사랑은 역으로 생각하면
진실된 사랑이 아니라 할 수 있지만
사랑하다 보면 그 사랑 진실해져 백만 송이 장미가 필걸

우리가 사랑하는 동안 세상에 비 내리고 시들던 꽃이 피고
우리가 사랑하는 동안 잠깐 세상을 버린 듯하지만
그때가 장미 피는 시간이 맞을 것만 같아
오로지 사랑에 모든 것을 올인하고 사랑에 미쳐 갈 때
그 사랑만이 진실해 수없이 피어나고 피어날 장미의 시간
그렇게 셀 수 없는 장미가 피는 시간, 백만 송이 장미의 시간

누가 물으면 바하마

새벽잠 모서리에서 빗방울 톡톡 깨지는 소리를 들어도
바하마
질주하는 차가 급브레이크를 잡아도 바하마
꽃 피면 꽃 피었다 바하마 왜 바하마냐 물어도 바하마
바하마는 내 혀끝에서 피는 사시사철 꽃 같고
허전한 가슴에서 안개 꽃밭을 이루듯 자욱한 바하마
하바마의 나열이 잘못되어 바하마 바하마 그렇지 않아
바하마 바하마는 주문 같고 노래 같고 바하마 바하마
바하마 하면 체 게바라가 시가를 물고 담배를 태운 곳
그럴지도 모르지만 바하마
누가 물으면 바하마 묻지 않아도 틱같이 바하마
하늘 푸르러도 바하마 구르는 낙엽을 봐도 바하마
누가 그리워도 바하마 바하마로 바하마까지 바하마 하마

천한 명의 애인

애인에게 애인이 있습니다. 애인의 애인이 꽃일 수 있고 파랑새일 수 있습니다. 애인의 애인이 별일 수 있습니다. 애인과 애인의 애인과 내가 모여 강물같이 흘러갑니다. 저 물녘이면 애인이 애인을 부르는 목소리 아련합니다. 하여 애인의 애인은 백 명일 수 있고 천 명의 애인이 있을 수 있습니다. 갑자기 거리에서 마주친 소낙비가 애인의 애인일 수 있습니다. 벽에 기대어 늦은 휘파람을 불던 사내가 애인의 애인일 수 있습니다. 세상은 애인의 세상, 봄은 애인의 봄이고 애인의 하늘 애인의 나라도 있습니다. 나는 애인이 애인을 사랑하면 나는 애인이 사랑하는 애인을 사랑할 겁니다. 애인이 만인의 애인이라 해도 애인의 뜻이라면 이의가 없습니다. 애인이 천 명의 애인을 가졌다면 나는 애인을 포함한 천한 명의 애인이 생기는 것입니다. 애인의 애인이 무기수이면 무기수가 나의 애인도 됩니다. 애인의 애인이 막다른 곳에 이르렀다면 나의 애인이 막다른 곳에 이른 것입니다. 애인 하나 가진다는 것이 기업 하나 경영하는 것만큼 어렵다는 것을 압니다. 천 명의 애인을 가진 애인은 얼마나 힘들겠습니까. 세상은 애인의 세상이라 나는 견딥니다. 내가 애인을 사랑하는 것이 애인이 나를 사랑하는 마음보다 어디 클 수 있나요, 하여 나는 애인을 사랑하므로 애인의 애

인마저 사랑합니다. 천한 명의 애인을 가졌습니다. 천한 명
의 애인을 사랑합니다.

찻집, 프리다 칼로에서

잃어버린 것이 있다면
가난한 꿈이 떠나갔다면
물총새 우는 그 강가 프리다 칼로로 가자
잃어버린 것을 찾을 수 있다는 기대보다
잃어버린 것을 향해 끝없이 텔레파시를 보내
무사를 기원하는 파닥이는 미루나무 이파리
푸른 소리를 들으며 비로소 안심할 테니
상실감 때문에 울었던 날은
떠나간 것에 보내는 깊은 애정임을

가 버린 것이 있다면
떠나간 꿈 때문에 아픔이 있다면
그 강가 프리다 칼로라는 찻집에 가자
강가에서 짝 잃고 저물도록 울고 있는
작은 물새보다, 프리다 칼로의 고통보다
버려진 아픔은, 아픔이 아니라는 것을
한 잔 커피로 마셔 버릴 고통이라는 것을
비로소 깨닫고 별빛 쌓여 가는 강물을 보며
떠나왔던 곳으로 되돌아갈 수 있을 테니

>

오늘 나는 흔들리며 강물에 어리는 찻집
물비늘 사이로 흔들리는 프리다 칼로를 바라보며
머리 벅벅 긁는 후회처럼 섰다.

장엄한 일몰

88년 동안 사시다 임종하시는 그가 아버지를 지켜보니 88년 동안 달아오르던 엔진이 갑자기 푹 꺼지는 것 같았으나 장엄하더라고 했다.

내 아버지도 돌아가시며 몇백 페이지 집대성한 한 권 서사를 남기지 않았지만 아버지도 장엄한 일몰이었다.

돌아가시는 어머니도 죽어 가는 나비도 잠자리도 개도 하루살이도 장엄한 일몰이었으므로 장엄한 슬픔에 젖었던 것이다.

하여 떠나가는 모든 것은 장엄하다. 저 봐라 일몰을, 일몰을 보며 눈물을 뿌리는 감동 앞에 오늘도 머뭇거리지 않는 하루가 또 저무는 것이다.

절필

설산의 독수리 같이 약해진 부리를
바위에 머리를 부딪쳐 털어 버리고
새 부리로 다시 솟구쳐 오르듯
손가락을 뎅강뎅강 잘라야 한다.
정강이뼈는 빼서
멀어져 가는 사람에게 퀘나로 불어 주고
멈추지 않는 피로 쓸 혈서
"삶이 가장 절실해지면 절필"이란 혈서
천장하듯 내 두개골을
도끼같이 힘껏 내려치는 깨달음

팬터마임 사랑

아무도 몰라, 내가 사랑할 수 없는 사람인 너를, 나를 사랑할 리 없는 너를 마음에 두고, 소리 없이 불러 보고, 없는데도 있는 듯 키스하고, 손잡는 팬터마임 내 사랑을, 고백도 하지 않아 네가 알아차리지 못한 사랑, 말 한마디 입 밖에 내지 못하는 팬터마임 사랑, 사랑한다고 정말 사랑한다고 절규하고 싶지만 말 못 하는 벙어리 사랑, 알기는 알아, 이 애절한 사랑, 말 없으므로 네가 알지 못하는 사랑, 내 십팔번 회령포로 돌아간다는 노래도 결국 네게 돌아가고 싶다는 내 마음의 노래, 허허, 알기는 아느냐고, 이러다가 이루지 못한 채 사라질 혼자만의 사랑, 외짝의 사랑, 팬터마임 사랑을, 내 사랑이 될 수 없는 너를 향한 기구한 이 사랑을, 무덤까지 가져갈 처절한 사랑의 기억을, 지구가 두 쪽 나도 이루지 못할 사랑, 팬터마임 사랑을, 세상은 다 아는데 너만 모르고 있는 사랑, 사랑 중 사랑이나 네가 받아 주지 않는 팬터마임 사랑, 처절한 혼자만의 몸부림만 있어, 전혀 네가 모르는 사랑, 팬터마임 사랑을, 내 모든 그리움을 블랙홀처럼 빨아들이는 사랑, 불가사의한 사랑, 정지상의 「송인」, 비 그친 긴 뚝방엔 풀 색깔이 파릇하고 임 보내는 남포에는 슬픈 노래 들리네. 대동강 물은 어느 때나 다 마를꼬? 해마다 이별의 눈물이 더해지는데라고 읊조리며 슬픔으로

뒤범벅된 사랑, 이백의 「춘사」, 임이 고향으로 돌아오길 생
각하는 그날, 이 몸의 애간장이 끊어지는 때라네, 라며 그
리움에 뜸을 들이는 사랑, 이 몹쓸 사랑, 팬터마임 사랑을

흔적

실비아 플라스, 나타샤, 카르멘, 마타 하리는 내가 즐겨 불러 보는

이국의 여자, 순이, 영아, 순아, 자야, 옥, 정이, 분이, 임이는

내가 이 땅에 피어나는 풀꽃을 바라보며 떠올리는 이 땅의 여자들

칼라, 글라디올러스, 팬지, 튤립, 칸나는 내가 보면 아는 외국 꽃

문주란, 물봉선화, 천남성, 달개비꽃, 수레국화는 이 땅에 피는 꽃

어두웠던 날에 가만히 떠올리면 가슴을 등처럼 밝혀 주던 이름과 꽃

아버지 어머니 기억도 나의 꽃, 몹시 아프고 힘들었던 날에

가슴에 환히 떠올리면 모든 것을 말끔히 지워 주던 꽃

오늘도 내 가슴에 환히 피어나는 불멸의 꽃인 아버지와 어머니

눈물로 살다 간 아버지 어머니 흔적 내게 사시사철 꽃인 것이다.

황태

북해도 찬물이랑 이랑을 넘어
아가리를 쫙 벌리고 사생결단으로
우리 밥상 앞으로
떼 지어 직진해 온 것이 분명하다.
오로지 한곳으로 향한 흔적이
꼬리와 지느러미에 기록되어 있다.
얼마나 숨 가빴는지 죽어서도
아아, 동그랗게 마른 입을 벌린 황태
우리 밥상을 향한 일념으로 왔는데
무엇을 더 얻어 낼 비밀이 있는지
맹추위의 덕장에서 얼렸다 풀렸다
다시 얼리며 끝없이 하는 고문
자백할 것이 없어 돌 것 같을 때마다
황태의 몸은 서서히 맛 들어 갔다.
세상 한번 왔으니 황태해장국으로
육보시를 한다는 북해도 출신 황태
나보다 너보다 훨씬 낫다. 우위다.

할아버지 휘파람 소리

할아버지는 숲에 나가 휘파람을 불었습니다. 할아버지의 휘파람은 만파식적이었습니다. 할아버지의 푸른 휘파람 소리에 세상의 물결이 잦아들고 여기저기서 일어나는 큰 분쟁 작은 분쟁이 사라지라는 염원이었습니다. 할아버지 휘파람 소리는 갖가지 꽃을 피우고 아이들의 크고 작은 꿈을 무럭무럭 키우는 단비 같았습니다. 개구쟁이 내가 동네 아이와 한바탕 코피 나도록 싸우다가 할아버지 휘파람 소리가 나면 마법에 걸린 듯 그치기도 했습니다. 할아버지가 휘파람을 길게 불면 숲속에 이름 모를 새도 재잘거리며 화음을 넣듯 노래했습니다. 할아버지 휘파람 소리를 알아듣는 골목의 사금파리는 더욱 반짝였고 앵두는 더욱 붉었습니다. 할아버지 휘파람 소리가 얼굴을 씻겨 준 듯 할아버지 휘파람을 듣는 할머니 얼굴은 더욱 해맑아져 오물거리는 입으로 빙그레 웃었습니다. 할머니 처녀일 때 할머니만 알아듣는 신호였던 할아버지 휘파람 소리라 때로는 휘파람을 듣는 할머니 얼굴이 발그스름하게 달아올랐습니다. 할아버지가 전우의 시체를 넘고 넘어서라는 노래를 휘파람으로 힘차게 불 때 6·25 때 잃은 전우가 생각나는지 눈물 그렁그렁했습니다. 세상에 좋지 않은 일이 일어난 날 할아버지 휘파람 소리는 세상 어느 슬픈 강물보다 더 슬프게 흘렀습니

다. 꽃 피는 봄날엔 꽃잎과 어우러져 분분히 휘날리던 휘파
람 소리였습니다. 할아버지 휘파람 소리를 날마다 듣던 형
은 할아버지 휘파람 소리에 물들어 트럼펫을 부는 딴따라가
되었습니다. 전방 부대에서 취침나팔 기상나팔을 부는 아
름다운 나팔수가 되었습니다. 지금도 오월의 아카시아 숲
에서 밤하늘을 향해 할아버지가 보고 싶다며 트럼펫을 미친
듯 불기도 합니다. 아직도 축하 자리서 늠름하게 팡파르를
울리는 형입니다. 할아버지 휘파람 소리 지상에서 싹 거두
시고 떠나셨지만 할아버지 마당에 오동나무 한 그루로 돌
아오셔서 해마다 보랏빛 오동나무꽃이 된 휘파람을 어김없
이 세상에 뚝뚝 떨어뜨리십니다. 민무늬 세상에 송이송이
떨어져 곱게 수놓다 갑니다. 북벌하고 왜를 수장시키라는
할아버지 누대의 말씀도 보랏빛 오동나무꽃과 뒤섞여 송이
송이 떨어집니다.

불량한 날의 독법

나의 몰약을 나의 몰락이라
낙타에게를 나태에게로 읽는다.
낙타에게를 낙태에게로 읽는다.
차가운 유빙이라고 적고
차가운 유방이라 읽는다.
고비를 고삐리로 고삐로 읽는다.
자갈을 재갈 잘 가 라로 읽는다.
젓갈을 전갈로 저가로 읽는다.
승기를 성기로 읽는다.
감히 세상 앞에서 겁도 없이
지갑을 지랄이라고 읽는다.
각하를 가가가가로 읽는다.
그대의 화양연화를
그대 환향 년아로 읽는다.
너를 나라고 나를 너라고 읽는다.
불량한 날의 독법을
불량한 날의 도벽이라 읽는다.
이 풍진 세상을 빤히 보면서
니기미 시펄이라 천천히 읽는다.

북두를 바라보며

청산의 꿈
아득하다. 너무 아득하다.

봄이면 오동나무 보랏빛 꽃으로 피어나
끝없이 뚝뚝 지며 민무늬 세상을 수놓는
할아버지 뜨거운 말씀, 북벌로 청산 가자는 꿈

그러나 청산은 멀다. 멀다. 너무나 멀다.
누대의 꿈인데도 갈 수 없는 청산인가.
천군만마를 길러 북벌로 청산에 가야 하지만
무능한 세월, 맥없는 내 청춘

이러다 더 아득히 멀어질 북벌
끝내 이지러지는 달 같은 청산의 꿈이여
북벌로 찾을 지금도 우리의 새가 울고
우리의 패랭이꽃, 참마리꽃, 냉이꽃, 닭의장풀, 꽃다지,
현호색
천남성 곱게 피는 고구려의 옛 땅 청산

청산의 꿈이 있는 한 외로워하지 말아야 할

고구려 옛 땅의 사직과 강물이여
팔랑대는 벌 나비여, 재재대는 제비여
끝없이 뜨고 지는 해와 달이여 나는 분명 알고 있다.
언젠가 북벌로 청산을 찾아갈 우리를
백년손님을 기다리듯 기다릴 그들을

이렇게 세월이 흘러도 잊지 말아야 할 청산의 꿈

차라리 아버지 북벌로 청산 가자
북벌의 길을 밝혀 주려 빛나는 저 북두
북으로 용틀임하며 꿈틀거리는 백두대간
꺾였던 모가지를 북으로 꼿꼿이 세우는 화사여

나는 혈통 좋은 종마인 아버지가 낳은 망아지
내 등을 채찍으로 후려치는 아버지 힘이 약하면
그것은 슬픈 일이라 힘껏 후려쳐 다오
청산을 향해 심장이 터지게 말달리게

말발굽 소리 천지를 흔들 때마다
갈기로 돋아나 힘차게 나부낄 청산의 꿈

\>

아버지 분단의 경계를 허물며 장백산 넘어 이역만리로
나를 타고 말달리자
진군의 나팔 끝없이 불며 청산 가자니까.
북벌의 장수인 아버지, 아버지, 아버지

해 설

상상력의 변검술과 독 같은 말

권성훈(문학평론가, 경기대학교 교수)

> 축 처진 아버지 어깨
> 맥없이 축 늘어진 불알
> 한때 나를 만들고 동생을 만드느라
> ─「아버지 불알」부분

1

근원적으로 시는 철학이나 종교가 가진 당위성에 예속
되지 않는다. 시가 사유하는 세계는 다른 장르가 탐구하
는 진리보다 사실적이며 다른 학문이 추구하는 미학보다
구체적이다. 사실성과 구체성으로 행간을 횡단하는 시편
일수록 당당하며 거침이 없는 가운데 미학을 드러낸다.
그 형상이 '아버지 불알'일지라도 거기서 제시되는 유사성
속에서 다름의 차이를 구성하고야 만다. 시인이 현시하는
다름의 속성은 무수한 반복과 차이 속에서 '사유의 문장'을
만드는 데 있다. 요컨대 "주먹 돌같이 단단하게 올라붙었
을 불알"은 생물학적으로 반복되어 온 인류 탄생의 기원을
추궁하면서 근원적 차이를 부식시키는 것. 그것은 보편적

118

시공간 안에 내포된 현재이면서 과거인 것. 동시에 미래가 되는 순간으로 직선적 시간관을 운명적으로 돌파하면서 "처진 아버지의 불알 다시 당당하게" 재생시키는 효과를 가진다. 여기서 시적 언술은 담화의 형식으로 발화되면서 우리는 원천적인 시적 의미를 자연스럽게 수긍하게 하는 것. 이로써 시인은 능동적인 담화로 '나'의 형성을 결정하는데, 다른 '나'와 소통하면서 상식과 양식에 의해 시적 담화에 참여하게 된다.

이번 김왕노 시집 『백석과 보낸 며칠간』은 전체적으로 담화의 요소를 수용하면서 시적 방식이 전개된다. 단시 또는 장시에 나타난 시편마다 화자가 내포된 이중 화자는 액자식 자아이면서 화자이며 그것은 독자를 향해 있다. 백석을 소환해 담화 형식의 서사가 진행되는 동안 그는 "백석과 보낸 며칠간 나는 백석의 나라에/ 훨훨 날아다니는 북방 나비도 되고/ 북방 여치같이 인중 긴 얼굴로 객잔에 앉았거나/ 청배 파는 메기 꼬리같이/ 수염이 난 노인을 오래 생각하고" 있다고 언술한다. 시인은 백석 이미지로부터 독자들에게 자신의 생각을 편입시킨다. 마치 백석의 '머나먼 북방'의 오래된 과거를 새로운 현재로 환원함으로써 "우리 마가리에 가서 살듯/ 북방 가서 살자/ 북방의 풀꽃 보며 북방 여자/ 새하얀 종아리를 훔쳐보며/ 북방식으로 달아올라/ 북방 여인의 이름/ 북방의 바람 맞고 부르려/ 북방 가서 살자"라는 청유를 통해 누구나 백석 세계에 있어서 '북방의 남자'이며 백석의 '엄마야' '누나야'로 전환

되는 것이다. 이것은 시인의 고독을 환기시키면서 고독의 방에 머물게 하는 "이방인으로 살면 우리의 외로움으로/ 우리 더 살가워지고 사랑이 깊어지"(『안녕 파타고니아』)는 자신만의 시적 전력이다.

반면 김왕노의 담화는 대상에 대한 화자의 거리가 밀착되어 구체적인 이야기로 발전되면서 근원적 사유를 노출하고 있다. 물론 시편의 중층적인 역할을 하고 있는 국면에서 기술되는 발화 행위는 의미를 담화의 차원으로 진화시키고 있다. 그렇지만 시편에 등장하는 시인의 발화 방식을 통해 극적인 상황을 보이고 있다는 점에서 1930년 후반 활동한 백석과 유사성을 보인다. 특정 유파나 경향으로 침윤되지 않았던 백석과 같이 김왕노의 시도 구조적으로 어구의 전개나 술어의 반복들이 확장되면서 종속적으로 펼쳐진다. 말하자면 "오줌보가 차오르고 잠지가 성난 밤/ 그 늦은 밤에야 귀가하며 아버지가 부르던 노래"(『아아, 으악새 슬피 우는』) 라는 행간의 설명적인 기능 속에서 "아아, 으악새 슬피 우는 가을인가요, 노래"로 수식 어구를 받으면서 서술되고 있는 시적 전개 방식을 취하는 것이다. 이러한 구체적인 장면은 "이제는 아버지 대신 내가/ 아아, 으악새 슬피 우는 가을인가요, 를 부르"는 등 현재와 과거 그리고 미래가 혼종하는 양식으로 발전한다. 이로써 아버지 어조로 화자는 "조용히 별아, 어이 별아 불러 본다"(『별』) 하면서 "별이 된 아버지를 소리, 소리쳐 부른다"라고, 심층적으로 '별'이 아버지로 흡수되면서 동시에 아버지가 '별'로 분화되고 있다.

여기에 시간의 혼종 양상은 "번역하려 해도 끝내 번역되지 않는/ 불립문자 같은 아버지 말씀"(「불립문자」)을 달리 이르는 데 쓰인다. 일상적 언어로는 설명할 수 없는 근원성을 주축으로 형성된 시인의 다양한 시적 가능성은 행간마다 분리될 수 없이 누적된 시정신이기도 하다. 그를 지탱해 온 삶이 시 행간에 반영되고 "수난이 있을 때마다 비바람 몰아칠 때마다" '마디'를 키워 온 대나무처럼 "마디마디가 자라고 아픔으로 단단해져" 비로소 "이제는 무엇에도 끄떡없는 대"가 된다. 이 같은 강인함은 김왕노 시가 일궈 낸 결과로서 전편의 시에서 유출되고 있는 천연덕스러움 뒤에 오는 해학이다. 해학적 미학을 가진 그의 시는 누구보다 시들지 않는 '굵고 단단한' 시력을 통해 시적 여정을 보여 준다. 이처럼 그의 시작은 "휘어질지언정 더 이상 부러지지 않"는 육체미를 드러내는 것으로 그렇게 "뼈 마디마디를 붓을 세운 듯 세우고"(「근에게」) 견고하게 자신을 완성했기 때문이다.

2

반면 김왕노의 꺾이지 않는 시작은 주체와 객체가 위계를 갖고 구분되는 이분법적인 세계를 거부한다. 자기동일성을 벗어나 원형성을 확보하는 데 쓰이는 원형적 실체

는 존재의 생태적 '본색'을 형상화하기 위한 감각적인 사
유다. 거기에 시인은 "죽어서도 그분의 본색은 시 농사꾼"
이었던 것처럼 설령 죽어서도 시인은 "봉분에서 넘쳐 나"
(「참」) "시 본색이듯 풀의 본색으로 장관을 이루고" 있는 생
태성에서 시가 자라난다. 반복되고 재생되는 세계-내 "사
람이 쉼 없이 자동으로 꺼졌다 켜졌다 하기에 아름다워"
(「센서 등」) 보이는 것처럼. "꽃 피는 봄이면 내 마음도 탁 하
고 켜져" 소멸된 시간에 정지된 존재를 시로 밝혀 낸다.
이것은 김왕노 시를 불러오는 메타포로서 세계의 모든 물
질은 인간과 비인간을 가로지른다. 그 사이 이상의 경계
를 넘어 모든 이질적인 존재들이 분리되지 않고 접촉하며
대등하게 소통하는 위계 없는 '의식의 센스'를 보여 준다.

구르는 돌은 슬프다. 구르는 돌은 자리 잡지 못했고 구
르는 돌은 이끼가 끼지 않는다지만 이끼가 돌에게 천년 갑
옷, 따뜻한 옷인 걸 알아 더 슬프다.

구르는 돌은 잠들 틈이 없다. 발에 차이는 것이 구르는
돌이다. 돌부리란 스스로 악행을 자청해 구르지 않으므
로 당당한데, 구르는 돌은 굴러 닳아 가며 아프다. 때로
구르는 돌이 짱돌이다. 일생일대의 대전환, 날아가 요지
부동의 방어벽에 부딪쳐 튕겨 나오기도 하지만 약자 편에
서서 약자의 울분을 머금고 온몸으로 날아간다는 것, 실
어 준 힘을 반동 삼아 결국 돌아오는 부메랑이 아니더라

도 날아간다는 것, 어쩌면 버려진다 하더라도

구르는 돌은 모가 닳아 두루뭉술하지만 구르지 않는
돌은 모가 살아 있다. 원시인이 돌 끝에 매달아 사냥에 나
설 때의 아름다운 날의 기억을 머금고 모가 살아 있다. 돌
의 모라는 것은 스스로 깨져 가진 날이거나 제 안에 숨긴
날을 내보이는 것, 구르는 돌은 깨면 모가 살아 있으나 구
르므로 닳은 작은 돌에서 나온 모라 볼품없다.

아버지도 세상에 구르는 돌이었다. 구르며 자식 목구
멍에 풀칠한다며 좌로 우로가 아니라 좌익도 우익도 아닌
채 이념도 없이 천지 사방으로 굴렀다. 구르는 돌이 박힌
돌을 뽑는다는 말은 말일 뿐, 아버지는 구르기만 하는 슬
픈 돌이었다. 구른다는 것은 결국 뿌리가 없다는 것, 꽃
피지 않는다는 것, 잡아야 할 지푸라기가 없다는 것

지금도 나는 구르는 돌을 보면 슬프다. 정신없이 굴러
가는 돌, 멈추려는 의지가 없는 돌, 굴러서 남의 장독을
깨뜨리는 돌, 구르며 풀을 으깨며 산 아래로 구르는 돌,
간혹 살다 보면 나도 구르는 돌이다. 살다 보니 약삭빠르
게 이리저리 뒹구는 돌, 그러나 저녁이면 커다란 눈물 한
방울인 돌

아무튼 집 없이 구르는 돌은 슬프다. 지상에 불멸의

집 한 채 얻지 못해 이리저리 구를 너도 나도 이구동성
으로 슬프다. 슬플 수밖에 없는 구르는 돌이다. 너도 나
도 돌이다

—「구르는 돌은 슬프다」 전문

'구르는 돌'은 물질과 시간이라는 자연성에서 생겨난다.
흔히 이 돌은 돌고 도는 가운데 형태가 깎여 모가 나지 않
고 이끼가 끼지 않는다는 것이 특징이다. 말하자면 "자리
잡지 못"했다는 것이며 그러므로 "이끼가 끼지 않는다"는
것이다. 그렇지만 시인은 이 돌에 나지 않는 이끼를 "천년
갑옷, 따뜻한 옷인 걸 알아 더 슬프다"는 문장을 통해 기
존에 알고 있던 '이끼'의 부정성을 긍정성으로 치환해 버린
다. 이 같은 상식을 전복시키면서 "구르는 돌은 잠들 틈이
없다. 발에 차이는 것이 구르는 돌이다. 돌부리란 스스로
악행을 자청해 구르지 않으므로 당당한데, 구르는 돌은 굴
러 닳아 가며 아프다. "때로 구르는 돌이 짱돌이" 된다는
진술로 돌고 도는 상식의 세계에 대한 "일생일대의 대전
환"을 발생시킨다. 게다가 "돌의 모라는 것은 스스로 깨져
가진 날이거나 제 안에 숨긴 날을 내보이는 것, 구르는 돌
은 깨면 모가 살아 있으나 구르므로 닳은 작은 돌에서 나
온 모라 볼품없다"는 것 역시 세계의 구상적 아이러니다.
그러나 이 돌은 궁극적으로 "아버지도 세상에 구르는 돌
이었다"는 것을 상기하기 위한 은유일 뿐이다. 아버지의
삶은 '돌'과 같이 "구르며 자식 목구멍에 풀칠한다며 좌로

우로가 아니라 좌익도 우익도 아닌 채 이념도 없이 천지 사방으로 굴렀다 …(중략)… 아버지는 구르기만 하는 슬픈 돌이었다. 구른다는 것은 결국 뿌리가 없다는 것, 꽃 피지 않는다는 것, 잡아야 할 지푸라기가 없다는 것" 나아가 "집 없는 구르는 돌"은 "슬프다. 슬플 수밖에 없는 구르는 돌이다. 너도 나도 돌이다"라는 사유로 확장된다. 따라서 이 돌은 시간에서 온 물질이며 반복되는 세계 속 수많은 돌 중에서 '슬픈 돌'이라는 차이로 현출된다.

장대 끝에 매달린

서대가 몸 안에 훔쳐 담은

바다와 함께 꾸덕꾸덕 말라 간다.

햇살이 물기를 핥다 가고

몰려온 바람이

오래 흔들수록 맛깔나게 서대가 마른다.

허공에 펼쳐진

서대로 차려진 밥상 하나의 기억

먼 곳까지 가서 오라 오라는 손짓이 된다.

무엇 하나 잘 말라 입맛 잃은 세상

밥반찬 하나 된다는 것은 얼마나 힘든 일이냐

비의 기척만 있어도

국기 하강식을 하듯 내린 서대에

잘 마른 서해의 꿈이 비늘로 반짝인다.

내 그리움마저 서대처럼

바지랑대에 매달아 보는 오후

저녁에는 서대와 꾸덕꾸덕 잘 말라

맛 들어 있을 것이다.

—「서대」 전문

바다에서 건져 올린 '서대'는 시간에 의해서 구성된 사물
이 아닐 수 없다. 서대가 식탁에 오르기 위해서는 "장대 끝
에 매달린/ 서대가 몸 안에 훔쳐 담은/ 바다와 함께 꾸덕
꾸덕 말라" 가야 한다. 거기에 "햇살이 물기를 핥다 가고/
몰려온 바람이/ 오래 흔들수록 맛깔나게 서대가" 된다.
"허공에 펼쳐진" 서대는 "밥상 하나의 기억"에서 "국기 하
강식을 하듯 내린" 숭고함을 나타낸다. 또한 서대는 "잘 마
른 서해의 꿈이 비늘로 반짝"이고 있는 누군가의 '그리움'
이 '꾸덕꾸덕' 말라 간 흔적임이기도 하다.

이러한 시간에서 온 물질의 흔적은 탈상식을 보이는 '마
른 풀'에서도 "풀 죽은 풀, 싸울 의사가 없는 풀/ 풀의 고단
수에 걸려/ 끝내 얻지 못한/ 풀"(「풀」)을 통해 "풀 죽은 풀,
싸울 의사가 없는 풀"의 반전을 역설한다. 이는 "새카맣게
말라 가는 미라"(「미라」)에서 시간과 물질의 반복 속에서 차
이를 발견하면서 '미라'-'폐휴지'-'그녀' 등으로 묘사된다.
그렇지만 "맞바람을 맞아 더 힘겨워진/ 이 시대 치부같이
드러난 그녀"가 "희망고물상을 향해" 걸어가는 "미라 한
구" 같은 형상 속에서 비극미 역시 담아낸다.

3

　김왕노의 시편은 시간적 차원에서 기억하는 존재의 실체를 변화된 물질 속에서 복귀시킨다. 반대로 물질적 차원에서 기억하는 존재의 생성과 소멸을 시간 속에서 제거하기도 한다. 그가 발현시키는 존재의 복귀와 삭제는 이전의 것을 회복시키는 것이 아니라 전혀 다른 물질로 환원시키는 것이다. "미친 듯이 흥이 날 때까지 둥둥 때려 달라는 소가죽 북 아버지, 북 쳐서 모든 것이 깨어날 날이라며 북채를 손에 슬그머니 잡게 하는 아버지, 소가죽 북 아버지, 모진 세월 다 겪고 북으로 돌아온 아버지"(「시렁 위의 북」)같이 과거의 시간 속에서 아버지를 '북'이라는 물질로 복귀시킨다. 이 같은 현현은 세계와의 접촉을 가능하게 하는 현실적 대안이면서 돌아가신 아버지를 깨어나게 하는 기제이지만 제거된 아버지를 통해 복원된 '북'이라는 새로운 의미를 생성하게 된다.

　여기서 시인의 세계는 "모든 것이 하나라는 동일체 의식도 아니며 무한한 개체 간의 접촉들이 세계를 열고 생성과 변화를 거듭하는 것이다. 들뢰즈에게 있어 모든 현상은 강도 있는 차이의 결과이다. 모든 자연의 대상물이라 볼 수 있는 결정체나 식물·동물·인간은 유한한 형태 속에서 전 개체적이고 강도 있는 대─존재를 현실화되게 하는 개체화 과정의 산물이다."* 이것은 김왕노 시편에서

* 알베르토 괄란디, 임기대 역, 『들뢰즈』, 동문선, 2004, 80쪽.

'시간성'과 '물질성'이라는 두 축을 통해 생성의 사유를 가지게 한다. 이러한 그의 생성의 장에서 과거와 현재 그리고 미래가 한꺼번에 들어찬다. 그것은 「변검술」처럼 우리 "속을 들었다 놨다" 하는 등 가지고 놀면서 인간과 인간, 인간과 자연, 나와 나, 나와 너, 자아와 자기 등의 전체성을 나타낸다. 이는 '상상력의 변검술'이라는 존재의 차이에서 나온 대-존재에 대한 시적 대상의 결정체를 보이는 것과 같다. 이는 김왕노 시가 가진 여타 시인들과 구분되는 '사유의 건축'이며 '감각의 주름'으로서 그 차이를 강도 있게 형상화한다.

누구는 시집을 찢어 똥을 닦으므로
똥구멍도 눈이 있는지
똥구멍으로 시를 부드럽게 읽었다는데
나는 똥구멍으로 시를 낳는다.
똥이 끊어지지 않고 길게 나온 날
내가 살모사 새끼를 낳은 어미란 생각
살모사는 새끼가
어미를 물어 죽여 얻은 이름이기에
내가 눈 긴 똥이 내가 갓 낳은
살모사 새끼란 생각, 똥을 누자마자
물을 곧바로 내리거나
정신없이 달아나야 한다는 생각
내 입에서 똥구멍까지

속내를 다 아는 똥이라 끔찍하다는 생각

쾌변의 즐거움을 즐기기도 전

달아나야 한다, 달아나야 한다는 생각

나의 피와 살을 만든 근본인데도

홀로 두고 멀리 달아나야 한다는 생각

이것이 똥구멍으로 힘주어 눈 시

　　　　　　　　　　　　　—「시를 누다」 전문

　종이로 된 시집은 누군가에게는 "시집을 찢어 똥을 닦"
는 휴지에 불과하다. 「시를 누다」의 화자는 "똥구멍도 눈
이 있는지/ 똥구멍으로 시를 부드럽게 읽었다"며 해학성
을 보인다. 이 같은 시인의 익살은 다음을 위해 연출된 것
으로 "나는 똥구멍으로 시를 낳는다"로 나아가며 자신을
시를 낳은 사물로 변화시킨다. 그러므로 반전을 이루어
낸 "내가 살모사 새끼를 낳은 어미란 생각"을 파고들면서
다시 "살모사는 새끼가/ 어미를 물어 죽여 얻은 이름"이라
는 상식을 주입시킨다. 상식과 반전 그리고 유의와 반의
는 역설을 태동하는데 "내가 눈 긴 똥이 내가 갓 낳은/ 살
모사 새끼란 생각"이 그것이다. 게다가 각 시행에서 각기
다른 '나' '살모사' '어미' 등 개체의 복원와 제거 속에서 전
혀 다른 무엇으로 환원된다. 이것은 차이가 만들어지는 간
격에 주름을 내면서 "속내를 다 아는 똥"으로 재생되고 그
러므로 "나의 피와 살을 만든 근본"을 추적하기 위함이다.

달빛이 연잎 위에 구슬처럼 고이고

소쩍새 울음 속으로 그리움이 저물어 가는 밤

어디서 사랑이 발효되어 향기가 휘날리는데

대추나무 뿌리 근처에 묻은 독사로 담근 뱀술이 익어

간다.

하고 싶은 말, 독 같은 말, 말 못할 사연도 뱀술과 익어

향기로운 뱀술이 되기를 바라는 꿈이 역린처럼

돋아나는 밤, 누구에게나 치명적인 독마저 삭아

한 병 뱀술이 되어 가므로

달빛이 어느 밤보다 세상을 더욱 곱게 물들인다.

머지않아 장진주사 부르며 잘 익은 뱀술을 나눌

죽마고우도

달빛에 흠뻑 젖어 이 밤에 귀거래사를 읊을 것이다.

　　　　　　　　　　　　　　　—「뱀술이 익어 가는 밤」 전문

　그의 시는 전혀 예상치 못하는 것에서 출현하는데 한 순간 '시적인 독'을 파생시킨다. 이 '시적인 독'은 이것도 시가 되는가에서 이것은 시가 아니면 안 된다는 확신으로 변모한다. "독사로 담근 뱀술이 익어" 가는 것처럼 소멸된 생명이 또 다른 생명으로 변해 가는 것이다. 이것은 변질되는 과정이 아니라 '독사'의 '독'을 '향기 나는 사랑'으

로 전치시키는 시인의 상상력으로 발효시킨 결과다. 마치 "하고 싶은 말, 독 같은 말, 말 못할 사연도 뱀술과 익어/ 향기로운 뱀술이 되기를 바라는 꿈이" 삭아지길 기다리면서, 비로소 "누구에게나 치명적인 독마저 삭아" 우리를 순간적으로 마취시키는 김왕노 시는 '독'으로 빚은 '술'과 같이 달아오르게 한다. 그것을 위해 시인은 "역린처럼/ 돋아나는 밤"에 "달빛이 어느 밤보다 세상을 더욱 곱게 물들"일, 이미 시의 독이 퍼진 "달빛에 흠뻑 젖어 이 밤"을 건너간다. 이는 남녀 간에 몰래 하는 둘만이 아는 비밀의 삭힘처럼 "희미한 눈알로, 내장이 달아난 몸으로, 짜디짜게 파고드는 왕소금을 견디며, 등 푸른 날부터 꿈꿨던 사랑"(「간고등어」)과 맞닿는다.

4

수도꼭지를 틀면 쏟아지는 물이 뱀이라는 생각······ 팔당 어디 출렁이던 푸른 뱀이 여과지를 거쳐 여기저기로 달려와 수천수만 톤 쏟아진다는 사실

수돗물은 원죄로 똬리를 틀고 울던 밤을 접고 참회의 뱀으로 우우 몰려와 쏟아지는 푸른 뱀인 것

뱀이 된 수돗물로 죄의 손을 씻으면 나도 누군가에게
흘러가 물뱀이든지 물이든지 그의 가문 가슴이나 텃밭을
적시고 아아 사라지고 싶은 생각

팔당의 물을 푸른 뱀으로 바라보았다는 것, 팔당을 거
쳐 온 푸른 뱀이 수도꼭지로 쏟아진다는 생각, 이 끊을 수
없는 연대로 나도 원죄의 뱀처럼 울어 보는 것, 나도 이제
속일 수 없는 나이라는 것

수도꼭지를 트니 푸른 뱀이 쏟아진다. 제발 물의 독니
를 세워 나를 단죄하기를, 나의 삶이란 숨 쉬는 것 빼고
다 거짓, 내게 독니를 박고 주렁주렁 매달려라. 푸른 뱀
들아, 치명적인 독으로 몸부림치며 비로소 생명의 귀함
을 깨우칠 테니

수도꼭지를 트니 금방 세면대에 푸른 뱀이 철철 넘쳐
나, 팔당의 바람과 햇살과 새소리와 꽃향기가 비늘로 새
겨져 반짝이는 푸른 뱀, 먼 곳을 흘러와 우우 쏟아지는,
때로는 내 생의 검은 등뼈를 서늘히 훑으며 쏟아지는 푸
른 뱀

—「푸른 뱀」 전문

시인의 '푸른 뱀'은 '수도꼭지'에서 흘러나오는 맑은 '수

돗물'의 이미지다. 그것도 '팔당댐'으로부터 "출렁이던 푸른 뱀이 여과지를 거쳐 여기저기로 달려와 수천수만 톤 쏟아" 내는 상상력은 시간의 경과로 '수돗물'이 '푸른 뱀'으로 치환된 것이다. 이 변화의 중심에는 "뱀이 된 수돗물로 죄의 손을 씻으면 나도 누군가에게 흘러가 물뱀이든지 물이든지 그의 가문 가슴이나 텃밭을 적시고 아아 사라지고 싶"다는 것에 있다. 사실 시인은 수돗물에서 '푸른 뱀'을 발견한 것이 아니라 '푸른 뱀'이라는 물질계에서 구체화된 "똬리를 틀고" 있는 '원죄'라는 원형적 의식을 조응하기 위해서, 말하자면 "팔당의 물을 푸른 뱀으로 바라보았다는 것, 팔당을 거쳐 온 푸른 뱀이 수도꼭지로 쏟아진다는 생각, 이 끊을 수 없는 연대로 나도 원죄의 뱀처럼" 콸콸 자신의 원죄를 울음처럼 쏟고 싶다는 성찰에서 비롯된 푸른 시 의식이다. 이러한 녹슬지 않는 푸른 시 의식은 그가 60년이 넘는 시간의 여과기를 통과했지만 여전히 6살 미취학 아동 같은 소년의 심상이 있기에 고유한 김왕노만의 상상력의 변검술이 가동되는 것이다. 말하자면 고칠 수 없는 "팔자를 앞세우고 팔자걸음으로 팔자 발자국으로"(「팔자걸음」) 시가 노래가 되어 "지구는 둥그니까 자꾸 앞으로 걸어 나가는 것"이다.

아내는 40년 류머티즘 앓은 고서적 한 권
두 개의 인공관절, 변형을 바로잡은

철심이 여기저기 문장의 중심으로 박힌 책
크레졸 냄새와 한나절 시간의 대수술을
8번이나 한 문장으로 이뤄진 책
떨어진 나뭇잎의 잎맥으로 새겨진
나무의 문장을 읽는다고
숲에 수천 톤 쏟아지는 햇살이 환한 날
류머티즘 관절염으로 온몸에 온
아내의 통증을 한 줄 한 줄 읽는
독서의 계절 차라리 내가 아내 대신
통증의 경전이 되어
종일 햇살이 줄줄 끝없이 읽기를 바랍니다.
　　　　　　　　　　　　―「독서의 계절」 전문

　이번 시집에서 그의 푸른 시 의식은 구체적으로 아내에
게 향해 있다. 그만큼 김왕노의 시간은 갈수록 아내와 함
께하는 것으로 새로운 시 세계의 진입을 시도한다. 이전
에는 모든 세상이 그의 불완전한 텍스트가 되었지만 이제
는 아내가 완전한 텍스트로서 읽기 시작한 것이다. 말하
자면 "40년 류머티즘 앓은 고서적"이 되며 "두 개의 인공
관절, 변형을 바로잡은/ 철심이 여기저기 문장의 중심으
로 박힌 책"으로 아내를 사유한다. 그것도 8번이나 대수
술 끝에 완성된 한 권의 책이 아내이며, 아내는 "떨어진
나뭇잎의 잎맥으로 새겨진/ 나무의 문장"이 된다. 그러므

로 시인이 "아내의 통증을 한 줄 한 줄 읽는" 것은 전도된 '통증의 경전'같이 원천적으로 매 순간 자신을 일깨우는 '생명의 서書'와 같다. 이처럼 시인은 아내를 읽고 아내는 "내 시를 위해 당당하게 낭송가가 된/ 아내를 위해 더 좋은 시를 써야겠다"(『시인의 말』)고 다짐하는 데 40여 년이라는 푸른 시간을 보냈다.

위와 같이 김왕노 시를 통해 강도 있는 사건의 변주로서 시간과 사물로 접촉하고 있는 개별적 존재들이 과거와 현재 그리고 미래를 열어 가는 것을 보았다. 이것은 존재의 시간이 생산적 사유로서 가져온 감각적 언어로 구축되며 그것을 공유하는 개체들의 주름이다. 이 개체들의 주름이야말로 존재가 남기는 기록이며 차이로서 그 존재를 증명한다. 여름 한 철 울다가 주름 한 벌 남기는 매미와 같이 김왕노는 "이제 울지 않으면 더 이상/ 울지 못한다는 것을 아는/ 매미"(『매미』)가 되기 위해 지상의 오랜 시간을 건너왔다. 그러는 동안 "할아버지를 산에 묻고/ 할머니가 몇 날 며칠 울었듯" 울면서 "심금을 흔들어 놓듯이" 거기서 "우는 것이 지복인" 것도 알았다. "어머니 매미 소리 들으면/ 아버지 기일이 매미 울음"으로 "마음을 자꾸 맴"도는 시인. 바로 김왕노다.

이렇듯 우리는 김왕노가 강인하고 단단해 보이지만 그만큼 한없이 여리고 철이 없다는 사실을 안다. 그렇지만 그의 시를 읽으면 에너지가 시너지로 바뀌는 그의 목소리처럼

'쨍쨍하게 살아 있는' 고유하고 주체적인 '철인 정신'을 만날 수 있다. 거기서 "네게 죽기를 바라지 않는 내 사랑을/ 어디 사랑이라 할 수 있으랴/ 내 식의 사랑법으로 죽어 갈 테니"(「까치독사」)라는 '독 같은 말' 속에 퍼져오는 '상상력의 변검술'이 이번 시집을 대신하는 말이다.